COLLECTION FOLIO

Hervé Guibert

La chair fraîche

et autres textes

Gallimard

Ces textes sont extraits du recueil
La piqûre d'amour (Folio n° 2962).

Hervé Guibert est né en 1955 à Paris. Photographe de talent, critique au *Monde* et co-scénariste avec Patrice Chéreau de *L'Homme blessé* en 1983, il est l'auteur de plusieurs livres très violents, dont le réquisitoire impitoyable que constitue *Mes parents*, ou *Des aveugles*, récit inspiré de son expérience de lecteur bénévole à l'Institut des jeunes aveugles. Il est révélé en 1990 au grand public par *À l'ami qui ne m'a pas sauvé la vie*, où il raconte, avec une minutie obsessionnelle, la mort de Michel Foucault et le sida qui le tue lentement. Ce texte fait scandale et vaut à Guibert une célébrité équivoque. Il sera suivi l'année suivante par un autre livre consacré à l'évolution de sa maladie, *Le protocole compassionnel.* Ses deux derniers textes, *L'homme au chapeau rouge* et *Cytomégalovirus* paraissent quelques semaines avant sa mort, le 27 décembre 1991 à l'hôpital de Clamart. Il avait trente-six ans. En 1994, paraît un ouvrage posthume, *La piqûre d'amour* et autres textes, recueil de textes écrits en partie avant sa maladie et dont sont extraites les nouvelles de ce volume.

Il puise dans son expérience de photographe une émouvante simplicité d'écriture et de style et un regard souvent sans concession, parfois cruel. « C'est quand j'écris que je suis le plus vivant », disait-il.

Découvrez, lisez ou relisez les livres d'Hervé Guibert :

DES AVEUGLES (Folio nº 1725)
MES PARENTS (Folio nº 2582)
À L'AMI QUI NE M'A PAS SAUVÉ LA VIE (Folio nº 2366)
LE PROTOCOLE COMPASSIONNEL (Folio nº 2481)
L'HOMME AU CHAPEAU ROUGE (Folio nº 2647)
LE PARADIS (Folio nº 2809)
LA PIQÛRE D'AMOUR et autres textes (Folio nº 2962)

La chair fraîche

Roman

L'abbé Sandre, avant de disparaître, laissa dans ses affaires, à l'intention de son successeur, dont il ne parvenait pas à imaginer l'existence, le visage ni même la silhouette, car c'eût été regarder sa propre mort de trop près, et sa mort, il n'y croyait qu'une fois sur deux, une cassette sur laquelle, de bout en bout des deux faces, quatre-vingt-dix minutes durant, il ne cessait de sangloter aux oreilles de l'inconnu, en accusant la bande des quatre de le tenir entre leurs griffes et de l'avoir réduit à zéro.

Le successeur de l'abbé Sandre n'eut pas le temps d'ouvrir le tiroir au fond duquel était cachée la cassette, sous des paperasses. Dès les premiers frimas, il consacra son sermon à la phobie du froid, et à la solitude odieuse qu'il engendrait dans un lit vide.

« Vous, clama l'abbé Rosier en haranguant les

fidèles, dans vos demeures coquettes et dans vos lits douillets brodés de dentelle qui sentent le pot-pourri, sous vos bonnets de nuit, auprès de l'être que vous aimez et que vous détestez à la fois le plus au monde, vous n'avez aucune idée de mon isolement dans ce presbytère glacé et lugubre, et en plus, comme si j'avais besoin de ça, vous défilez devant moi en m'abreuvant de vos jérémiades et de vos calomnies ! »

L'abbé Rosier ruisselait de sueur, il se grattait le cou sous le collet, ses paupières étaient à demi closes, et sur sa chaire il pliait les genoux par à-coups, comme prêt à s'asseoir, alors qu'il ne s'y trouvait aucun siège pour son fessier décharné.

Ce discours était déjà si violent qu'il n'avait pas besoin d'être gonflé au moment où il ferait traînée de poudre, le plus vite possible. Dans ce village, il ne pouvait y avoir d'autre sanction que l'exil. Un tel homme ne pouvait donner l'absolution, ni les saintes huiles. Mais les fidèles furent pris de court dans la machination de leur jugement. Dès le lendemain du fameux sermon, on constata que l'abbé Rosier s'était cadenassé chez lui et ne répondait pas au téléphone. Quand on força sa porte, on dut convenir qu'il ne s'était pas pendu, comme le bruit en courait déjà, mais qu'il avait bel et bien pris, sans un mot d'explication ou d'adieu, la poudre d'escampette pendant la nuit.

Romélie, la droguiste, qui habitait l'appartement juste en dessous de celui du curé, déclara qu'elle avait identifié le pas furtif du fantôme de l'abbé Sandre, bientôt suivi d'une mêlée, d'une bagarre, puis du choc d'un corps qui s'écroulait. Il était évident que c'était l'abbé Sandre qui avait chassé de son fief l'abbé Rosier.

En vérité, Romélie n'avait pu être témoin de ce corps à corps, vu que, comme chacune des nuits de ces vingt-cinq dernières années, elle ne l'avait pas passée chez elle. Après avoir fermé le magasin, qui était d'ailleurs plutôt un bazar qu'une droguerie, car on y vendait toutes sortes de choses hétéroclites, des ampoules, des couteaux électriques, des abat-jour, de la literie, du Fly-tox, avec une petite vitrine spéciale pour la lingerie féminine, où des culottes de soie et de satin, couleur chair ou noire, semblaient voler grâce à de judicieux échafaudages tissés d'épingles et de fils de nylon, Iris, son associée, prenait sa Mobylette pour rentrer chez elle, une maison un peu à l'écart du village, l'une des premières maisons un peu cossues du village, car Iris devait tenir d'un héritage un petit pécule qui lui avait aussi permis d'acheter le fonds de commerce. Romélie, de son côté, montait chez elle, allumait soigneusement toutes les lumières, et en été attendait que la nuit soit suffisamment épaisse pour s'y faufiler et rejoindre Iris. Elle repassait tard chez elle, après la fin du programme télé, juste pour éteindre les lumières.

Dans le village, tout le monde était au courant de ce simulacre, mais ne s'en gaussait même pas, on s'en fichait éperdument. En fait ce rituel devait les exciter. Elles se répétaient, avec gravité :

« Dans l'intérêt du commerce, et pour la moindre des dignités, la plus grande discrétion sera toujours requise. »

Iris avait les cheveux aussi blonds et frisottés que Romélie les avait noirs et raides. Iris faisait penser à une parfumeuse, ou à une ancienne patineuse artistique, ses lunettes la complexaient. Vêtue d'interchangeables jupes en jean soviétique, Romélie ressemblait à un fort des halles. Iris avait pris des cours de danse quand elle était jeune, et refusait de sacrifier son plaisir à Romélie. Il fallait voir celle-ci, les soirs de bal sur la place du village, les bras croisés, tandis qu'Iris deux fois trop maquillée virevoltait entre les bras des hommes.

Romélie continuait d'aduler l'abbé Sandre. Elle disait que c'était un saint. Pour lui, elle s'était opposée à la bande des quatre. Mais elle faisait la quête à la messe, et cachait toujours quelques billets sous le napperon qui tapissait la corbeille : c'était l'argent de poche de son idole, puisqu'on l'écartait de toute gestion. Elle vendait aussi aux petits enfants des feux de Bengale pour les processions. Quelquefois, il lui arrivait de descendre un balai de chez elle et de balayer de long en large, un peu comme une possédée, le pavement de l'église, ce qui évidemment ne complaisait pas à la bedeaude aigrelette qui était censée le faire et préparer les repas du curé, une espionne de la bande des quatre.

Le bruit circula que l'abbé Rosier était en cavale avec une femme. Son remplaçant n'était toujours pas nommé, pour certains c'était un suspense intolérable. En attendant, on avait hérité d'un petit Malgache qui ne plaisait à personne, et on craignait que l'évêque, par manque d'idées, ne le laisse à cette place.

Il n'y avait personne à Bareul pour ne pas voir de qui on parlait quand on évoquait l'existence de la bande des quatre, cette mafia occulte de l'église. Tout le monde savait qu'il s'agissait, par ordre hiérarchique, du menuisier, de la sœur du boucher, du patron du bar et du balayeur.

Le menuisier, avec sa bouille de fouine miraude, était réputé la tête pensante du groupe, son comptable, son chef. Il était d'une très curieuse et constante placidité, puisqu'elle pouvait le mener à d'imprévus accès de fureur. Il s'était fâché très jeune avec son frère, un coco. Quand ils enterrèrent leur père, le communiste resta à l'extérieur de l'église, son béret à la main, puis suivit la procession jusqu'au cimetière. Cette mort ne réconcilia pas les deux frères, qui ne se serrèrent même pas la main. Le menuisier avait un grand garçon un peu bêta, qui faisait du culturisme, et donnait parfois un coup de main au bar.

La sœur du boucher était un vrai monstre : une tête de bouledogue toute fripée surmontée de cheveux bleus clairsemés sur des croûtes, un corps informe dans une robe-sac, et pour jambes deux tuyaux de poêle rougis et crevassés, sans aucune ligne, des jambes de robot. Mais elle avait son importance dans l'association, car c'était elle, son cabas à la main, qui l'air de rien, pour demander des nouvelles ou colporter des rumeurs, parvenait à soutirer de l'argent à tous ceux qui n'allaient plus à l'église depuis longtemps. Le toit s'effondrait, l'horloge ne marchait plus sur la façade, une des cloches, celle qui annonçait le feu ou un décès selon sa ritournelle, déraillait, plongeant tout le monde, les pompiers en premier, dans l'erreur. Et toutes ces réparations coûtaient fort cher à la paroisse.

Le patron du bar était un nullard de la dernière espèce, hargneux, toujours pressé de baisser le son du juke-box une fois que les jeunes y avaient déversé leurs pièces de cinq ou dix francs, toujours à râler, il avait sur la joue gauche une tache brune hérissée de poils drus qu'il devait couper au ciseau chaque matin pour qu'ils repoussent encore plus vigoureusement, car on aurait dit du poil de sanglier, ou de cul de sorcière. On racontait que sa femme le battait, et que c'était la raison pour laquelle il était si teigneux avec les jeunes. Elle se faisait appeler la comtesse, et, à quarante ans passés, conservait ses longs cheveux en furie et ses robes de dentelle blanche. Elle ne s'était jamais remise de son amour d'adolescence pour le jeune noble du village, le bel André, qui sans prévenir était parti pour Monaco et se ruina en voitures de sport. Il revint un jour au village, dans la dernière, une Maserati, transportant avec ses valises une femme brune et moderne, aux lunettes effilées, et au foulard noué par-derrière, une femme en pantalon fuseau à élastiques et ballerines lamées or, une Italienne qu'il appelait Sophia.

Quant au balayeur, c'était quand même lui le responsable des ordures, il vidait les bennes, et dans l'association on ne lui confiait pas les tâches les plus reluisantes. Il était préposé aux menaces verbales, puis physiques. Il détenait une carabine avec laquelle il avait déjà fait feu plusieurs fois, généralement en l'air, pour intimider un adversaire. Il avait séduit pratiquement toutes les femmes mariées du village, c'était un mystère absolu : il était petit, et vilain, avec ses cuisses arquées de crapaud, des jambes courtes horriblement poilues et d'énormes pieds bronzés qui s'exhibaient dans d'inévitables socques de bois, le balai toujours à la main, pour mieux laisser traîner ses oreilles. On l'appelait le Chinois, parce qu'il aurait eu du sang chinois dans les veines, il avait aussi les yeux un peu bridés et, collée au crâne, une galette fine, noir corbeau, de cheveux tellement raplatis sur le front que tout le monde pensait qu'il s'agissait d'une perruque. Mais il y eut une année où le Chinois, par une audace que personne ne sut interpréter, se coiffa les cheveux en brosse, et l'on en vit l'implantation, pendant quelques mois, car le Chinois ne tarda pas à recouvrir à nouveau son front étroit sillonné de craquelures de soleil. L'été, il portait des chemises hawaïennes, nouées dans la ceinture de son short et grandes ouvertes sur un énorme bedon tendu à mort et glabre, comme un ballon qui aurait conservé au milieu un petit tortillon de chair par lequel on aurait soufflé, et qui méritait bien le surnom de boudine qu'on donnait au nombril dans ces pays archaïques.

Il ne saluait pas ses enfants quand il les croisait sur la place, et ses fils auraient plutôt craché dans son dos lorsqu'il passait. Il avait abandonné leur mère pour s'exhiber avec toutes ces touristes. Prendre une femme à son mari devait être la situation érotique qui l'excitait le plus.

Le Dieu du Chinois était Napoléon. Il s'était bâti dans la campagne, sur les restes d'un hangar à bestiaux, une petite maison tarabiscotée, où il recevait les femmes, et à laquelle il avait donné le nom pompeux de Villa Napoléon. Comme il ne savait pas écrire, il avait aussi demandé au peintre qui lui avait fait l'enseigne d'inscrire sur une banderole cet avertissement édifiant qu'il installa en travers du portail : « Interdit aux pédés et aux lesbiennes. » Il avait une sainte horreur de l'homosexualité, et, pas de chance, un jeune frère qui « en était ».

Pour une raison que personne ne connaissait, ce frère avait passé plusieurs années en prison. Malgré la haine de son frère, il était revenu au village la tête haute, la chemise grande ouverte — c'était une affaire de famille — sur un torse maigre entièrement tatoué. Il s'était fait embaucher comme maçon, traînait avec les jeunes du village, qui l'aimaient bien parce qu'il leur donnait des tuyaux pour draguer les filles, jusqu'au jour où le peintre lui mit le grappin dessus. Ils devinrent un couple officiel, se donnant rendez-vous sur la place qu'ils se mettaient alors à sillonner en tous sens, tout en devisant, malgré la différence de classe, et en faisant de grands gestes.

Le peintre ne peignait que des femmes nues, ou sa mère, avec qui il vivait, dans ses plus beaux atours. Il portait la moustache, des pantalons blancs serrés sur les fesses, des mocassins blancs. Il se définissait comme un pessimiste, et ne lisait plus que Nietzsche, Kierkegaard et Rimbaud, qu'il essayait de faire découvrir au maçon.

Le suspense qui entourait la nomination du nouveau curé enflait de jour en jour. L'évêque avait visiblement son idée, mais personne ne la connaissait. Un soir que la doctoresse était invitée à dîner chez Hélène, la femme du maire, celle-ci lança tout à coup :

« Il était bizarre, cet abbé Rosier, vous ne trouvez pas ? J'ai déjà oublié sa tête...

— Bizarre, tu parles ! Il se piquait, oui. » Et elle fit le geste de s'enfoncer une seringue dans l'avant-bras. « Mais ne le répétez pas, ajouta-t-elle, ça a beau être une histoire de drogue, ça relève quand même du secret professionnel. »

Hélène tenait un petit commerce de vêtements dans la ruelle escarpée du village, en face de la boulangerie. Elle passait ses journées assise sur le pas de sa porte, à bavarder avec la boulangère. Elle s'ennuyait. Hélène était surtout intéressée par le malheur des autres. En ce moment, son sujet de conversation favori était la déchéance du couple qui tenait le supermarché. Ils avaient vécu dans l'opulence, et maintenant ils étaient en faillite, il fallait bien en tirer une leçon. Tout était sa faute à elle. La fille du poissonnier avait eu des rêves de grandeur. Il fallait la voir, à l'heure du déjeuner, une fois le magasin fermé, traverser la place, suivie de son gnome de fils, tenant de ses doigts crochus boudinés sous les bagues les deux sacs en plastique dans lesquels elle avait directement vidé son tiroir-caisse composé en grande partie de l'argent qu'elle avait passé toute la matinée à voler. Tout le monde savait qu'Anne volait à la caisse, mais elle était trop rapide pour qu'on puisse la pincer, et son magasin restait le mieux achalandé. Elle volait les pauvres comme les riches, et ensuite s'achetait des manteaux, sa passion, comme son mari les autos, à crédit. Maintenant les rayons étaient vides, les banques ne voulaient plus payer, ni les fournisseurs livrer à moins d'échanger la marchandise contre du cash, ils savaient que les chèques seraient en bois. Le mari d'Anne avait d'abord revendu ses deux voitures, puis Anne, elle-même, un couteau dans le cœur, ses innombrables visons et zibelines. Personne ne mettait plus les pieds dans le magasin qu'on aurait cru vidé par des pilleurs. Le village abandonnait celle qu'il avait laissé le voler pendant des années.

« Quand même, il y a une justice, disait la femme du maire à la boulangère. Tu te rends compte, pour ses noces d'argent, Anne avait exigé de son mari, tu sais quoi ? Rien de moins qu'un diadème avec des diamants ! Comme la Reine d'Angleterre ! Moi, pour nos noces d'argent, j'ai eu en tout et pour tout des brillants si petits qu'ils ont pratiquement été mangés par les lobes de mes oreilles ! »

Chacun avait des désirs fous. Lors de la dernière réunion de la bande des quatre avec l'abbé Sandre, à laquelle le balayeur n'avait pas été convié, Sandre attaqua bille en tête :

« Il faut acheter un magnétoscope pour la paroisse.

— Et vous n'avez pas assez du projecteur des sœurs de Beufel que vous empruntez à tout propos, Dieu seul sait pourquoi ! » cria pratiquement l'horrible Inda, la sœur du boucher.

« À quoi bon un magnétomachin ? » demanda plus calmement le menuisier.

L'abbé Sandre avait acheté à Paris, lors d'un week-end paroissial, des cassettes qu'il n'avait même pas pu visionner chez son ami à Lille, car il était équipé en Pal-Secam.

« Eh bien, un magnétoscope, parce que c'est l'outil du futur », répondit l'abbé Sandre, ne trouvant rien de mieux à dire. « Mais il faut du Betamax, le Pal-Secam s'est si vite démodé ! »

Le patron du bar se taisait.

« Mais dites-moi un peu, avança timidement le

menuisier. Je me suis permis de compulser votre cahier de comptes, et sur quoi suis-je tombé ? Matelas, matelas, et encore matelas ! Que diable pouvez-vous fabriquer avec tous ces matelas ? »

Cette fois, l'abbé Sandre fit semblant de ne pas entendre la question, et réembraya sur la nécessité d'avoir un magnétoscope, avant même un ordinateur.

L'abbé Sandre n'avait jamais eu de complexes avec les garçons. En été, il emmenait se baigner, dans sa décapotable, ces mêmes garçons auxquels il lavait les pieds devant l'autel et tout le village, lors d'un rituel ancestral qu'il avait réinstauré. L'endroit le plus proche pour atteindre la mer était Berque-Plage où l'on alignait au soleil, devant l'horizon, des paralytiques sur leurs brancards et des hommes-plantes pour que le bon air marin les fasse croître. L'eau était glacée. Les garçons du curé s'ébrouaient entre les enfants-crabes et les mongoliennes limaçonnes. Berque-Plage était le havre de tous les défavorisés. L'abbé Sandre était arrivé à dissimuler qu'il ne savait pas nager. Assis sur le sable, en maillot, il regardait ses garçons.

De retour au village, il pilait sec devant l'église, les garçons frissonnants, serrés les uns contre les autres, sur le rebord du coffre arrière. On apercevait les granulations hérissées de leur chair après le bain qui signifiaient la bonne santé. Par contre, on affirma longtemps que l'abbé était mort d'une pneumonie, à cause de ses imprudentes escapades à la mer. Personne n'avait jamais jasé dessus, l'abbé Sandre partait du principe qu'il n'y a rien à dénoncer s'il n'y a rien à cacher. Le boulanger, qui pelotait devant tout le monde sa fille de quatorze ans qui commençait à avoir des formes rebondies, s'appuyait sur le même postulat.

Ce n'est pas comme pour l'élection du pape au Vatican, où des derviches interprètent des bouffées de couleurs qui sortent en fumées d'une cheminée. D'un jour à l'autre, sans que personne ait pu le prévoir, Bareul avait son nouveau curé. On ne savait pas quand exactement il était arrivé, de jour ou de nuit, par quel train, ou en voiture, seul ou accompagné, avec de très nombreux bagages, on ne savait rien, mais on l'avait vu, il était là, et les rumeurs, vraies et fausses à pourcentage sûrement égal, filaient déjà bon train sur lui. Il était jeune, enfin relativement. Il portait le col une fois sur deux. Il n'était pas bien grand et avait une petite tendance à l'embonpoint. Il avait un visage joufflu enfantin. Il était entré dans le café, s'était accoudé au comptoir, avait commandé un café serré, n'avait pas dit qui il était, mais la comtesse avait eu le temps de bien examiner le nouvel arrivé, il avait bu d'un trait son café, et était reparti en direction de l'église. Il était allé se reposer, prier, visiter sa demeure. Était-il venu avec une gouvernante, ou celle de l'ex-curé ferait-elle l'affaire ? C'était un personnage très important, qui avait ses entrées au Vatican, faisait plusieurs fois par mois l'aller-retour Paris-Rome, et discutait en latin avec le pape. Il était docteur en biochimie, spécialiste d'insémination artificielle, il avait écrit une thèse sur la stérilisation des femmes. Mais s'il était si important que ça, pourquoi avait-il échoué dans ce trou ? Il avait besoin de méditer. Il était là en punition. Billot, c'était un drôle de nom pour un prêtre. Mais le premier cancan que tout le monde sans exception débita sur le nouveau curé, ce fut :

« Il se teint les cheveux. »

Quand il était entré dans le café, il était essoufflé et en sueur, il portait un vieux cartable à soufflets qui avait l'air plein à craquer, et ça n'avait pas échappé à la comtesse que quelques gouttelettes perlaient de dessous sa patte gauche, une rosée plutôt, d'un bleu indigo.

On voulut voir de près l'abbé Billot, le questionner, démêler le vrai du faux, sans attendre sa première messe. La femme du maire, Hélène, l'invita à dîner avec la doctoresse et son mari. Il avait un petit rire flûté et gêné, qu'il cachait avec sa main, comme s'il délogeait quelque embarras entre deux dents. Il avait aussi un sacré coup de fourchette.

« Vous n'êtes pas étonnés de voir un curé aussi jeune ? » demanda-t-il.

Mais il devait être le plus vieux de l'assistance. Une fois qu'il fut parti, tôt, sous le prétexte d'examiner des dossiers, Hélène lança dans son dos :

« Il ne me plaît pas, celui-là. Je ne saurais pas dire quoi, mais il y a quelque chose de profondément faux en lui, vous verrez ce que je vous dis. »

La bande des quatre, qui cette fois n'étaient que trois, comme pour toute occasion un peu solennelle, fit une tentative d'approche, prudente mais ferme. Ils prirent rendez-vous avec l'abbé Billot pour lui expliquer le fonctionnement des finances de la paroisse, dire du mal à ce sujet de ses prédécesseurs, et l'assurer d'ores et déjà de leur concours bénévole. Mais le curé resta sur son quant-à-soi, évasif, presque buté, il ne posa aucune question et les raccompagna à la porte de la sacristie avec force petits sourires délibérément hypocrites.

L'abbé Billot frappa très fort lors de son premier sermon, mais d'une autre façon que l'abbé

Rosier. Il commença tout miel et finit dans une explosion de fureur, le visage gorgé de sang, en criant du haut de sa chaire :

« Ce qu'il faut avant tout, c'est débarrasser cette paroisse de sa racaille ! »

Le mot était jeté. La sœur du boucher sortit aussitôt de l'église en pleurant, bientôt suivie du menuisier qui mâchait ses mots sans en cracher un seul, puis du patron du bar qui, lui, adopta une position plus détachée, les mains dans les poches, regardant en l'air comme un touriste qui contemple des ogives, tout juste s'il n'aurait pas sifflоté. Ce fut le Chinois qui eut le plus de mal à s'arracher de son prie-Dieu d'osier sur lequel, genoux nus, il se prosternait chaque semaine. Il se tourna d'un air déconfit et coupable vers sa matrone d'épouse, comme un enfant qui a fait une grosse bêtise. Il était forcé de sortir à son tour de l'église. S'il avait encore pu choisir son camp, il y serait resté, et serait parti en guerre avec son balai contre la racaille. Car la guerre était déclarée.

L'abbé Billot fut estomaqué, en cherchant autre chose, de tomber sur l'enveloppe épaisse où étaient conservées les factures des dizaines et des dizaines de matelas que l'abbé Sandre avait achetés dans le magasin d'Iris et Romélie. En plus, à part celui de sa chambre à coucher, il ne trouvait pas la moindre ombre de matelas dans le presbytère entier. Il descendit au magasin dans l'espoir de glaner quelques explications. Iris était absente.

« Il en a tellement acheté, dit Romélie, qu'on lui faisait des ristournes. Je les lui vendais quasiment au prix d'achat.

— Mais pourquoi achetait-il tous ces matelas ?

— On n'en a jamais parlé, mais je suppose qu'il rêvait d'un immense dortoir pour ceux qui n'avaient pas d'abri, les nécessiteux, les jeunes...

— En tout cas on ne peut même pas mettre la main sur ces fichus matelas : ils ont disparu en même temps que Sandre, comme s'il les avait emportés dans sa tombe...

— Je crois bien, dit Romélie d'un air mystérieux, que ces matelas sont cachés dans la crypte de l'église... »

Puis Romélie se hasarda :

« Et vous, mon père, vous l'avez vu ou entendu, le fantôme ?

— Assez avec ces âneries ! explosa le prêtre. Je ne veux même plus entendre prononcer le mot fantôme dans ce village, il me sort par les oreilles. »

Dans la foulée, hautement intrigué par cette affaire de matelas, sans doute parce qu'il supputait un mystère autrement plus tarabiscoté que celui qu'il dissimulait en réalité, l'abbé Billot alla détacher du trousseau qui pendait sous les boutons des sonneries de cloches, comme sa cuisinière le lui avait expliqué, la plus grosse et la plus vieille des clefs. Il se dirigea derrière la sacristie, vers le petit bureau qui servait plutôt de débarras, déplaça une chaise, et poussa du pied le tapis mité qui camouflait l'ouverture de la trappe. Il s'y faufila en pensant qu'il n'avait plus l'âge de telles contorsions. L'escalier en colimaçon était tortueux comme tout, avec des marches si érodées qu'on aurait parfois dit de la dentelle branlante, celles-là, il les évitait. Avec sa clef il réussit à ouvrir la porte Il déboucha dans un capharnaüm humide et poisseux, totalement obscur, et il n'y avait rien pour éclairer, malgré une ampoule qui pendait au milieu, que de vieux cierges épais et jaunis. Mais la première chose que l'abbé Billot discerna dans ce fatras de malles et, on ne sait pas pourquoi, de landaus, de croix fêlées, de bateaux miniatures, de madones démantibulées dans leurs housses tissées de sécrétions d'araignées, il y avait même un squelette suspendu à une tige de métal montée sur roulettes, ce furent les matelas. Ils étaient empilés tout au fond de la crypte, dans l'angle opposé, irréels dans un brouillard de lumière, éclairés par une petite lucarne jusqu'à laquelle ils semblaient vouloir se hisser pour s'échapper. Ce fut une véritable vision pour l'abbé Billot : Maintenant je comprends, se dit-il à lui-même, c'est un monument, comme une pyramide, c'est toute l'œuvre d'un homme terriblement solitaire ! Il se fraya un chemin parmi les caisses et les ex-voto, se signa devant le squelette, et alla examiner de près les fameux matelas. À peine eut-il mis la main, pourtant délicatement, sur le matelas le plus haut, qu'il pouvait à peine atteindre, que toute la pile s'écroula, le laissant dans l'obscurité, car c'étaient les matelas qui diffusaient la lumière, et le rayon de soleil à ce moment déborda de la lucarne. Il alluma un des gros cierges de communion pour y chercher quelque autre preuve, il avait décidé de ne pas les remettre en place. Il en retourna quelques-uns, et dut se rendre à l'évidence : c'était tous des matelas pour une personne, tous de la même taille et du même fabricant, d'une mousse de pas très bonne qualité que les rats avaient commencé à extirper de la housse, déjà décolorée, où apparaissait parfois un myosotis, ou un nain à bonnet et bottes rouges sous un champignon géant. L'abbé Billot n'eut aucune honte à y chercher quelques auréoles, ou louches taches jaunâtres, mais il n'en trouva point. Même pas de taches ! pensa-t-il seulement. Après tout, Romélie devait avoir raison : les nécessiteux et les jeunes... Pas plus sorcier que ça. En vérité, il restait éperdument perplexe.

La bande des quatre cette fois avec le Chinois pour faire masse mais on le convainquit de laisser sa carabine à la maison, se pointa en délégation, à une sortie de messe, pour avoir des témoins. Ils disaient à qui voulait les entendre qu'ils étaient venus donner une dernière chance à l'abbé Billot. S'il acceptait de leur faire des excuses publiques, tout serait oublié, et l'on repartirait d'un bon pied. Sinon, ils étaient prêts à le faire dégommer par l'évêque, avec qui ils entretenaient les meilleurs rapports.

L'abbé Billot ressentit un certain plaisir à jouer les andouilles :

« Ce n'est pas de la mauvaise volonté de ma part, mais je ne comprends absolument pas votre démarche. Comment et de quoi pourrais-je m'excuser, puisque je n'ai injurié personne nommément. C'est vous-mêmes qui vous êtes injuriés, curieusement, devant tout le village, en quittant l'église à ce mot de racaille, que je maintiens d'ailleurs tout à fait. »

« Il le paiera cher », dit le menuisier à la sœur du boucher en fuyant l'esplanade de l'église.

Indépendamment des nombreuses missives de plaintes adressées au curé en chef de la région, l'abbé Georges, qui était resté dix ans curé à Bareul avant d'être promu à Lille, ainsi qu'au vieil évêque, la bande des quatre avait choisi comme tactique de combat d'isoler l'abbé Billot au centre d'une sorte de blocus, de geler toute rentrée d'argent autour de lui, de l'affamer en quelque sorte. Il ne tiendrait pas longtemps. La sœur du boucher ne sonnerait plus de porte en porte pour grappiller, ici un billet de cent francs, là un autre de cinq cents. Ou alors elle poursuivrait son travail de fourmi en expliquant que le nouveau curé n'était pas très honnête.

La tactique de l'abbé Billot était de faire la sourde oreille jusqu'à la plus ultime des conséquences, et de ne dévier en rien de sa ligne de conduite, qui était : récupérer les cordons de la bourse. Sa philosophie du moment, parce qu'il arrivait que tout cela le rende inquiet, était le célèbre dicton : « Les chiens aboient, la caravane passe. »

Hélène, la femme du maire, se plaignait que la vie manquât de couleurs et de fantaisie. Une fois par semaine, elle prenait le bus pour Lille et se rendait chez une coiffeuse post-punk qui lui mettait beaucoup de couleurs et de fantaisie dans les cheveux. Elle rentrait ragaillardie, et disait à la boulangère :

« Tu vois, là, derrière, je suis complètement bleue. »

La semaine d'après, la même mèche devenait jaune.

Hélène avait beaucoup hésité, mais un jour, en voyant l'abbé Billot sortir de sa voiture, elle pensa : c'est le moment ou jamais, et elle se jeta à l'eau. Elle sortit discrètement de son sac un petit flacon bien enveloppé dans du papier blanc, et aborda le prêtre en le lui tendant :

« Vous allez me trouver bien audacieuse, mon père, et c'est un tout petit cadeau, vraiment tout petit, mais vous devez ignorer que dans tout le village, après le mot racaille, tout le monde ne parle que de votre teinture de cheveux. Et c'est vrai, selon moi aussi, hein, c'est pour votre bien, qu'elle est trop foncée, sans nuances. Je vous ai trouvé à Lille quelque chose de plus discret, genre marron d'Inde, tout aussi soutenu, mais qui devrait mieux vous aller. »

L'abbé Billot ne savait comment réagir. Il ne parvenait pas à décider si la femme du maire se payait sa tête, ou si elle faisait vraiment ça par amitié. Il n'avait aucun ami.

À tout hasard il essaya la lotion, et il reconnut tout de suite qu'elle faisait merveille sur lui, surtout au niveau des tempes où débordait souvent ce reflet indigo.

L'abbé Billot décréta alors que cette Hélène était une alliée, et, puisqu'elle avait osé, il oserait à son tour. Il décida d'aller lui acheter des sous-vêtements.

« On nous condamne toujours au gris, au noir, à toutes ces couleurs ternes que je déteste, confia-t-il à Hélène, en fait je voudrais quelque chose d'un peu fantaisie.

— Ah ! Vous aussi, vous aimez la fantaisie ! » dit Hélène avec béatitude, se retournant pour lui désigner sa mèche jaune.

Le curé sortit du magasin avec trois nouveaux caleçons, quand même bien enveloppés : l'un avec des Schtroumpfs, l'autre avec des fusées Objectif lune, rouges et blanches, le dernier avec Marilyn Monroe, quand la corolle de sa robe est soulevée par un tourbillon d'air.

« Attendez ! mon père, cria Hélène en dévalant la ruelle, un ticket à la main. Vous oubliez votre ticket de caisse. Je voulais aussi vous dire que je suis complètement avec vous dans le combat que vous avez entrepris, je n'ai jamais aimé ces gens-là.

— Moi je compte sur votre discrétion », lui chuchota l'abbé Billot, les joues un peu rosies.

Leur jour de fermeture, Iris et Romélie prenaient la voiture, qui restait la semaine au garage, un hangar préfabriqué attenant à la maison, et partaient à Lille faire la fameuse promenade des Marronniers, bras dessus, bras dessous, aller-retour, en papotant sur les gens qu'elles croisaient, jusqu'au moment où elles s'affaissaient épuisées à une terrasse pour manger une glace à trois boules surmontées d'une ombrelle de papier. C'était Iris qui conduisait, Romélie ne savait pas. Elle sortait la nouvelle voiture pour la deuxième fois seulement, une RX rouge, le tout dernier modèle. Elle était plus large que la précédente, Iris avait l'impression d'avoir de la buée sur ses lunettes, Romélie était sortie de la voiture pour la guider dans la manœuvre, mais les vitres étaient fermées, Iris n'entendait rien, et elle trouvait que les feux arrière qui lui permettaient de voir Romélie gesticuler étaient bien trop violents, cette pauvre Romélie devait être aveuglée, Iris tournait nerveusement une manette pour tenter de réduire cette lumière, de l'autre main elle n'arrivait pas à passer la marche avant. Romélie vit le coup qu'Iris allait l'écraser contre le mur.

« Mais avance, espèce d'abrutie, au lieu de reculer ! Tu vas me tuer... »

Le mot abrutie, qui celui-là lui parvint, déclencha une réaction si forte chez Iris qu'elle appuya sur l'accélérateur. La jambe de Romélie était prise entre le pare-chocs de la voiture et le mur de béton du fond, elle braillait, elle s'était projetée sur la malle arrière pour épargner sa hanche.

« Dégage-moi de là », demanda-t-elle, cette fois d'un ton suppliant.

Iris trouva tout de suite la marche avant. Tout avait été à la fois trop rapide et interminable, comme dans un cauchemar. Iris soutint Romélie claudicante sur son épaule.

« Emmène-moi tout de suite à l'hôpital », dit-elle froidement.

Romélie ne gémissait plus, elle se mordait la main. Jusqu'à l'hôpital, elles n'échangèrent pas un mot. Iris pleurait à gros bouillons, mais en silence. Soudain Romélie explosa :

« Si tu as le culot, avec ma jambe comme ça, de danser samedi soir, je te tue, tu m'entends ! »

C'était l'été, il y avait bal.

Romélie revint au village avec une béquille et une espèce de sabot de caoutchouc blanc à pressions qui sortait d'un bottillon, comme en portent les pieds-bots. Mais cette orthopédie factice en dissimulait une autre, autrement plus frankensteinienne. La chair en bouillie, remodelée tant bien que mal, était encerclée à distance dans un cylindre d'acier, d'où partaient des broches qui s'encastraient avec des vis de part et d'autre de la jambe. Cette pauvre Romélie n'avait pas de chance. L'hiver dernier, à cause d'on ne sait quel nerf, elle avait eu toute la moitié du visage paralysé. La doctoresse n'avait rien trouvé de mieux à lui dire que de porter une toque de fourrure, pour se protéger des mauvais courants d'air. Dans le village, on l'appelait Raïssa, du nom de la femme de Gorbatchev.

Bien qu'il conservât toute sa confiance en lui-même, et eût calculé ses capacités de résistance à la minute et au franc près, l'abbé Billot alla prendre la température du côté de l'abbé Georges, qui était quand même le curé en chef du district. Peut-être aurait-il un jour besoin de sa protection. Les curés se serraient les coudes. L'abbé Georges était le type même du brave homme, un peu rougeaud, amateur de bonne chère, parfois avec excès, et de vins gouleyants, modérément, il détestait les salades et les micmacs, il méritait sa tranquillité. Il avait hérité d'une hideuse église moderne, faramineusement grande et toujours vide, avec une croix disproportionnée, érigée dans un quartier populaire en bordure de la zone industrielle lilloise. Quelle que soit l'heure, et la plus inattendue, on réveillait toujours l'abbé Georges lors de ses innombrables siestes. On le réveillait au téléphone. La phrase la plus prononcée dans sa vie devait être :

« Oh ! Je n'ai pas fermé l'œil de la nuit. »

Alors il dormait le jour, les yeux grands ouverts, comme un somnambule. Il dormait debout, en disant la messe. Il dormait en mangeant. Il dormait en vous parlant. Il dormait même en donnant l'extrême-onction. Il disait que ses nuits étaient tellement cauchemardesques que seules les agonies, pour lesquelles on l'appelait, avaient pour lui quelque chose de rafraîchissant.

En garant sa voiture sur le terre-plein de l'église, l'abbé Billot n'eut pas à déployer des trésors de perspicacité déductive pour deviner que la bande des quatre avait eu la même idée que lui, mais l'avait précédé. Trois voitures étaient garées à l'écart, presque soudées portière contre portière. L'abbé Billot n'aurait certainement pas reconnu les voitures du menuisier et du patron du bar, dont rien n'indiquait qu'elles venaient de Bareul, mais la caisse du Chinois était tellement grotesque, avec ses peinturlurades naïves de Napoléon en médaillons et de Joséphine de Beauharnais sous ses cocotiers, qu'elle était identifiable au premier coup d'œil. L'abbé Billot pensa d'abord faire demi-tour sur-le-champ, mais une intuition lui souffla qu'il tirerait un certain amusement à affronter la situation. Il était prêt à se retrouver nez à nez avec la bande des quatre, ils s'ignoreraient, et puis après. Il faisait chaud. Des enfants jouaient dans la rue.

L'abbé Billot contourna l'église pour atteindre la petite place sur laquelle donnaient les fenêtres du bureau, contigu à la chambre à coucher de l'abbé Georges. Le soleil tapait fort. L'abbé Georges avait tiré les persiennes, mais il avait dû laisser les fenêtres ouvertes pour créer un courant d'air, car l'abbé Billot, en s'approchant à pas de loup, reconnut immédiatement la voix un peu geignarde du menuisier :

« Nous avons écrit à l'évêque, disait-elle, le mettant en demeure, sous huitaine, soit de venir régler le problème au village, soit de nous fixer un rendez-vous à l'évêché pour qu'on débrouille la situation.

— Oh ! Oh ! Un ultimatum à l'évêque, se mit à rire l'abbé Georges. Tel que je le connais, ça m'étonnerait beaucoup qu'il vous ait répondu !

— Eh bien si, dit à son tour la sœur du boucher. Une réponse, oui, par retour du courrier, à la main, et sur en-tête de l'évêché. Une réponse édifiante. Si vous voulez la lire vous-même, mon père, la voici. »

Elle sortit l'enveloppe de son sempiternel cabas, et l'abbé Georges prit son temps pour mettre ses lunettes, comme pour faire durer le plaisir, se raclant la gorge comme aux prémices d'une chose savoureuse.

« De toute ma vie, je n'ai jamais cédé à aucun chantage, lut l'abbé Georges. Ce n'est pas à quatre-vingt-trois ans que je vais commencer !

— Vous parlez d'une réponse, susurra le menuisier, moi je dirais qu'il est tout simplement gâteux !

— Et dites-moi un peu, mon père, se risqua l'horrible Inda, est-ce vrai ce qu'on raconte sur notre petit curé ?

— Et qu'est-ce qu'on raconte donc ? demanda l'abbé Georges. J'aimerais bien moi aussi être au courant.

— Eh bien qu'on l'aurait collé là pour le punir de quelque chose, mais de quoi ? »

Depuis tout à l'heure, l'abbé Billot, collé à la persienne, ne perdait pas un mot de la conversation, un petit sourire sur les lèvres. Il n'attendit pas la réponse ou la non-réponse de l'abbé Georges, il rejoignit sa voiture et reprit le chemin de Bareul. Au petit sourire aiguisé succédait une grimace de dégoût.

Le peintre et le maçon ne sortaient plus ensemble, c'était flagrant. Ils avaient abandonné leurs tours de la place, et, lorsqu'ils s'y croisaient par hasard, ils s'ignoraient. Le maçon s'était épris d'un jeunot. On racontait qu'il l'attirait dans son repaire avec de la marijuana. Comme pour se venger, le peintre réapparut avec une perruque, alors qu'il n'avait pas perdu ses cheveux, une énorme brioche noire qui partait en l'air comme la tour de Babel. Le peintre, qui savait que toutes ces histoires de cheveux captivaient la femme du maire, se rendit dans le magasin d'Hélène, baissa la nuque devant elle, et lui dit :

« Tire ! Tire tant que tu peux ! Tu n'arriveras pas à la faire bouger d'un poil. C'est un tout nouveau modèle. Je l'ai achetée à Paris », ajouta-t-il d'un air distingué.

Quand les garçons du village, en le croisant, le traitaient de tantouse, il pointait vers eux un doigt menaçant :

« Méfiez-vous de moi, leur disait-il. Je suis encore bien plus méchant que vous ! »

L'abbé Billot dérangea dans sa sieste l'abbé Georges, qui lui dit au téléphone de venir sur-le-champ. Il avait décidé de passer un savon au petit curé audacieux, alors qu'il n'en avait pas du tout envie. Il l'accueillit avec ces mots :

« Vous êtes complètement marteau, mon pauvre. Qu'est-ce qui vous a pris ? Racaille ? C'est comme un tremblement de terre dans ce petit village ! On ne vous demande rien que vous tenir à votre place et vous faire oublier. Et vous ne trouvez rien de mieux qu'injurier vos fidèles. Vous auriez pu au moins me consulter avant de commettre vos forfaits. Et puis, pourquoi refuser les excuses ? Ça réglerait tout en un tournemain, et qu'est-ce que ça vous coûterait ? Vous êtes bien fier, mon ami. »

Le professeur de gymnastique, une blonde vivace et bien en chair, qui disait toujours que son mari était l'homme le plus ennuyeux du monde mais qu'il était trop tard pour en changer, était aussi responsable des activités culturelles du village. Racine était mortellement rasoir, et les jeunes jouaient comme des pieds. Les tableaux vivants, c'était plus amusant, mais toujours un peu pareil. Les chansons à la guitare n'attiraient plus personne. Le professeur de gymnastique, qui manquait d'idées, passa chez Iris et Romélie au cas où elles en auraient. Il restait un petit budget disponible jusqu'à la fin de l'été, ce serait idiot de le laisser perdre.

« Ce qu'il faudrait, dit Romélie, c'est quelque chose qui attire du monde, et tout le monde, pas seulement les jeunes ou les vieux, les garçons ou les filles. Un événement, quoi, dont on parlerait longtemps à l'avance, avec excitation.

— Quelque chose d'un peu audacieux, ajouta Iris, il faut vivre avec son temps. »

On aurait dit que les deux marchandes de couleurs avaient attendu la visite du professeur de gymnastique, et qu'elles avaient déjà leur idée derrière la tête.

« Et si on faisait un défilé de mode ? avança Romélie.

— Je trouve que c'est une bonne idée, dit Iris,

mais les garçons bouderont un défilé de mode féminine, ça ne les intéresse pas.

— Nous pourrions prêter notre lingerie en soie et en satin, lança Romélie. Ça, croyez-moi, ça intéresse les garçons !

— Mais, mes pauvres petites, vous allez leur faire prendre froid ! » dit le professeur de gymnastique.

Iris, qui avait l'air de s'abîmer dans une concentration intense, alors que la scène faisait partie de leurs rêveries quotidiennes, eut soudain une idée formidable :

« Ce qu'il faudrait, dit-elle, c'est aller trouver le fourreur de Lille, et lui demander s'il accepterait pour un soir de nous prêter ses fourrures. Comme ça les filles n'auraient pas froid, et ce serait du plus ravissant effet pour dévoiler la lingerie.

— Mais où pourrait-on faire ça ? demanda le professeur de gymnastique.

— Ça je m'en charge, dit Romélie, je mets ma main au feu que l'abbé Billot ne me refusera jamais ça. Nous sommes dans les meilleurs termes depuis que j'ai bien marqué mon opposition à la bande des quatre. Nous avons même changé de boucher à cause d'Inda, et nous ne mettons plus jamais les pieds au café, même pas pour un petit express !

— Moi, je m'occupe de la musique, dit le

professeur de gymnastique. Il faut quelque chose de rythmé, qui ait du peps. Je crois que le rap en a. »

C'était toute la perversité d'un village qui se drapait dans une fausse innocence. Le curé avait donné son autorisation pour qu'on utilise le terre-plein de l'église, et le défilé eut lieu. Ce fut un beau chahut, les garçons hurlaient, sifflaient, lançaient aux filles des cochonneries codées. Il faut reconnaître que le spectacle était assez hallucinant : un petit projecteur éclairait la façade de l'église, dont le portail vert était grand ouvert pour laisser sortir les filles une à une, qui apparaissaient pieds nus, enveloppées dans de trop grands manteaux de fourrure qu'elles entrouvraient quelques secondes avant de faire demi-tour pour rejoindre les allées latérales de l'église qui avaient été transformées en loges. Le rap du professeur de gymnastique grésillait sur son vieux tourne-disque. Tout le village était au rendez-vous, même les vieilles femmes qui riaient en montrant des bouches qui n'avaient plus qu'une dent. On remarqua pourtant l'absence du curé.

Seul dans la semi-obscurité de son bureau, penché sur la machine, sous un rayon de lumière orange qui accentuait les bourrelets de sa nuque, l'abbé Billot écoutait pour la deuxième fois la cassette de l'abbé Sandre. Les rires de la place ne couvraient plus les sanglots de l'ex-curé, l'abbé Billot avait mis la machine au maximum, au début il n'entendait rien qu'un bourdonnement, et comme il n'y avait aucune indication écrite sur la cassette ni sur son boîtier, aucune date, aucun autre aveu que ces sanglots monotones qu'elle recelait, l'abbé Billot, qui s'apprêtait à partir au défilé, avait d'abord été terriblement intrigué. Ce n'était pas par sadisme qu'il réécoutait ces pleurs entrecoupés de hoquets de désespoir. En fait il n'avait jamais cru à l'existence de l'abbé Sandre, même pas à son existence de fantôme. Il était toujours terriblement agacé quand quelqu'un lui parlait de l'abbé Sandre, généralement comme d'un mythe. Sous prétexte qu'il était mort jeune, à l'âge précis qu'il avait lui aujourd'hui, le village avait voulu en faire un saint. Un saint dont on avait trouvé après la mort les dizaines de cassettes porno que son enfant de chœur en chef, le grand dadais culturiste fils du menuisier, qui aimait bien les regarder en se caressant les pectoraux et les triceps qu'il s'était faits en salle de gym, n'avait pas eu le temps de faire disparaître, d'autant plus que l'abbé Sandre les cachait dans les endroits les plus incongrus, toujours dans les hauteurs du presbytère afin que sa mère, ce minuscule bout de femme ratatinée, noiraude et curieuse, ne pût mettre la main dessus, à moins de monter sur un escabeau, et là elle risquait de se casser la jambe, ou mieux le col du fémur, ça nécessiterait l'hospitalisation, et il en aurait bien pour une semaine de tranquillité. L'enfant de chœur culturiste, Maxime, sommé par les curés du district de leur donner des explications, n'était peut-être pas si niais que ça, car il eut tout de suite la présence d'esprit, pour sauvegarder la mémoire de l'abbé Sandre, de leur répondre que c'étaient des bandes que le prêtre avait confisquées à des ouailles dévergondées. Les curés se rassemblèrent alors pour brûler les cassettes dans une cheminée, ce qui faillit mettre le feu au presbytère et à l'église de l'abbé Georges, et l'on n'en parla plus.

Un saint ! se répétait l'abbé Billot. Un saint collectionneur de matelas ! Il ne pouvait se détacher de la machine, où il avait maintenant collé son oreille. Il était fasciné par cette voix, qui était si réelle, qui aurait presque pu être la sienne, la voix d'un homme torturé, qui n'en avait plus pour longtemps à vivre, et qui ne le savait peut-être pas. L'abbé Billot aussi avait souffert, et il s'était juré de laisser la souffrance aux autres, ce qui éclairait maints traits de son caractère, cette distance figée un peu antipathique, mais cette fois il eut envie d'associer ses larmes à celles de son prédécesseur, et il ressentit une compassion immense pour cet homme si proche, pour ce frère, pensa-t-il. La tête lui tournait. Sa gouvernante le trouva au matin, tout habillé, penché sur la machine qui s'était arrêtée depuis longtemps.

La bande des quatre aussi avait boudé le défilé parce qu'ils évitaient les abords de l'église, allant le dimanche à la messe de Beufel ; et ils crurent bien faire en appelant l'abbé Billot « l'entrepreneur de strip-tease ». Cela n'accrut pas leur cote de popularité, car tout le village avait trouvé la manifestation absolument sensationnelle, en félicitait le curé, et espérait bien qu'une telle féerie de chair fraîche pourrait se reproduire l'année prochaine.

La première lettre anonyme arriva chez la doctoresse. Elle avait été postée à Lille. Selon la coutume, avec des lettres découpées dans des magazines. Elle disait : « Le curé couche avec la femme du maire. » La doctoresse s'empressa de l'apporter à Hélène, qui eut une crise de fou rire.

Le vieil évêque convoqua l'abbé Georges. C'était son tour de se faire enguirlander.

« Qu'est-ce que c'est que ce tintouin ? cria le vieil évêque en colère sans même saluer l'abbé

Georges. Vous n'êtes même pas fichu de mettre au pas vos subalternes ! Et moi je reçois lettre sur lettre, coup de fil sur coup de fil, à mon âge ça me fatigue énormément, heureusement que j'ai mon majordome pour faire barrage. Dites-moi un peu, Georges, vous n'avez pas la paix dans votre ministère ?

— Si, Monseigneur.

— Alors, on se décarcasse pour vous trouver un coin peinard, où personne ne va plus à l'église. On passe l'éponge sur tout. Et vous pouvez boire et manger tout votre soûl, vous pouvez même ronfler toute la journée si ça vous chante, car je connais votre péché mignon, et pour cause : c'est le même que le mien, je ne devrais pas vous l'avouer. Vous n'avez qu'une chose à faire : faire entendre raison à ce cheval fou, je dirais plutôt à ce poney de Billot, et il vous résiste. J'ai l'air de quoi, moi, maintenant ? C'est moi qui avais demandé à ceux que tout le monde appelle la bande des quatre de mettre un œil dans les comptes de ce fantasque Sandre, et maintenant on me force à les désavouer ! On ne peut pas changer de curé comme de chemise. Vous savez que nous n'en avons plus, des postulants. Il faut prendre ceux que nous avons sous la main, même s'ils sont un peu tordus, on finit par les redresser. Billot est assez brillant, certes, et très ambitieux, mais de là à traiter les gens de racaille. Il ferait bien de se regarder lui ! Ce crétin est en train de faire capoter mon plan, qui fonctionnait, et ma foi plutôt bien, depuis plus de quinze ans !

— Quel plan ? balbutia l'abbé Georges, sidéré par la violence du vieil évêque, qui était toujours flegmatique.

— Vous n'avez donc pas de mémoire, mon cher Georges ? On ne va pas encore remuer toute cette boue, vous avez raison, en définitive : il faut oublier. Mais pourquoi, croyez-vous, vous ai-je laissé dix ans dans le village le plus terne, le plus arriéré, le plus mortel de toute la région ? Eh bien, ça a marché. Les habitants se sont habitués à vos tics. Comme je l'avais prévu, petit à petit, est entrée dans les mentalités l'idée qu'un curé était par essence quelqu'un d'étrange. À partir de là, je pouvais leur caser n'importe quel olibrius pervers, ce Sandre avec son syndrome du dortoir, ou celui qui a disparu dans la nature, je ne sais plus son nom, le drogué, tout ça semblait normal. Quand j'ai été confronté au cas Billot, j'ai tout de suite pensé : Bareul. Vous m'excuserez, mon cher Georges, auprès de vos confrères : je ne viendrai pas à notre prochain déjeuner mensuel, je me sens trop fatigué. Je vais vous raccompagner. »

Iris et Romélie reçurent la seconde lettre anonyme, rédigée comme la première, postée également à Lille. Il y était écrit : « Sales gousses. » Iris en fit une jaunisse. Elle voulut fermer le magasin vingt-quatre heures en signe de protestation, et pour pouvoir pleurer tranquille, sans craindre pour son rimmel.

« Ce que tu peux être bête, lui dit Romélie en déchirant déjà l'enveloppe en mille morceaux. Personne n'en saura rien. D'ailleurs, tout le monde le sait déjà.

— Comment cela ? protesta Iris. Tu es complètement folle ! Personne n'a le moindre soupçon. Pourquoi voudrais-tu que je me salisse à danser avec ces hommes qui puent, qui m'écrasent, qui bandent comme des goujats, et qui me flanquent dans le nez leur cocktail de tabac, de pastis, de sueur et de vieux chicots ? Je me sacrifie, figure-toi, pour donner le change. Je hais les hommes depuis que je suis toute petite ! Seul un homme est capable d'avoir commis une telle goujaterie. Même l'ignoble Inda n'aurait pu faire ça, je suis sûre.

— Ma colombe, va, calme-toi », lui dit Romélie avec tendresse, et elle entremêla ses doigts dans les siens.

La Mercedes couleur caramel du chef des gendarmes de Lille fonça à travers la place, avec à ses côtés, personne n'avait pu en croire ses yeux, mais tout le monde était obligé d'en convenir, l'abbé Billot en personne. On n'aurait pu inventer de couple plus excentrique que ces deux-là. Apparemment, ils n'avaient vraiment rien à voir ensemble. On aurait dit que le chef des gendarmes, marié et père de famille, avait emprunté son costume à la garde-robe de l'Opéra de Lille, où les tournées Barret et les galas Karsenty donnaient parfois des opérettes, du genre *La fille de Madame Angot* : impeccablement repassée par son épouse, une culotte bleu marine, ceinte d'un galon rouge, bouffante aux cuisses, puis s'évasant au-dessus d'immenses bottes de cuir noir qui avaient parfois des reflets bleus tellement sa femme les astiquait avec soin avec sa propre haleine. À part ça, il était couvert d'épaulettes et d'insignes, et ne se séparait pas d'une casquette noire aussi luisante que ses bottes, au centre de laquelle s'incrustait une mystérieuse décoration. Plus aucun policier ne s'habillait de cette façon dans toute la région. Les gens qui n'étaient pas sur la place au moment où la Mercedes était passée en trombe voulaient les voir ensemble, le curé et le gendarme, pour croire à cette association. Mais justement, le soir même, quelqu'un les avait vus à Lille, à la terrasse du *Pacifique*, où Romélie et Iris avaient l'habitude de prendre leur pêche melba, sirotant côte à côte une boisson fluorescente de couleur verte. Quelles complicités pouvaient lier deux spécimens humains si dissemblables ? Et comment et où avaient-ils pu faire connaissance ? Toutes les suppositions étaient possibles, et les paris ouverts.

Une pluie de lettres anonymes s'abattit sur le village, le même texte photocopié une centaine de fois et envoyé à tout le bottin de Bareul, excepté au principal intéressé. Il y était écrit : « Le boulanger baise sa petite fille tous les matins. »

La patronne du *Pacifique*, qui prétendait avoir été une amie intime de l'abbé Sandre, mais que personne ne se souvenait avoir jamais vue avec lui, se mit à raconter qu'il lui apparaissait certains soirs dans sa chambre à coucher. Son mari ne le voyait pas, et ne l'entendait pas, alors elle lui ordonnait de se mettre à genoux, et de prier. Pendant ce temps, elle pouvait bavarder tout à loisir avec l'abbé Sandre. Celui-ci, disait-elle, se plaignait beaucoup de l'oubli du village. Il se trouvait mal enterré, et réclamait pour sa tombe l'effigie de la Vierge de Saragosse. Pourquoi Saragosse ? Personne ne pouvait rien en savoir. Il n'était jamais allé en Espagne, mais la patronne du *Pacifique* était certaine d'avoir bien entendu : c'était Saragosse, et pas autre chose. Elle alla trouver la mère de l'abbé Sandre, puis sa sœur, pour le leur raconter. La sœur alla trouver Romélie, à cause de ses accointances et avec Sandre, et avec Billot. Romélie tâcha d'en dire deux mots au nouveau prêtre, mais il ne voulait rien entendre de ces superstitions stupides. Romélie et la sœur de l'abbé Sandre écrivirent toutes seules à l'évêque de Saragosse pour lui réclamer une effigie de sa sainte. À partir du jour où elle eut ces visions, la patronne du *Pacifique* put constater que son établissement ne désemplissait plus.

L'abbé Billot et le chef des brigadiers, le fier Hector, étaient devenus inséparables. Sitôt le dîner terminé, le policier laissait sa femme et ses enfants devant la télévision, et passait à Bareul chercher l'abbé Billot, qui l'attendait dans son presbytère désert. Ils roulaient des nuits entières sur les routes du département, sans but et sans s'arrêter, sans comprendre même où ils allaient, souvent en silence. Ils communiquaient peu par la parole, et aucune forme de tendresse ne les rapprochait. Mais chacun, désormais, pensait qu'il avait besoin de l'autre. Un besoin vital.

Lâchés par l'évêque, les membres de la bande des quatre avaient un peu rabattu leur caquet, d'autant plus que dans le village, depuis l'affaire des lettres anonymes, on les regardait avec méfiance.

Chacun pensait qu'ils n'avaient trouvé d'autre moyen de se venger que ces lettres odieuses, et tremblait à l'idée de devenir leur prochaine victime. Les villageois exigeaient du maire qu'on entreprenne une enquête pour coincer les coupables. Ce n'était tout de même pas un monde de planter un policier en civil devant la poste de Lille.

Les affaires ne marchaient plus au café, plus personne n'y mettait les pieds, seuls les jeunes restaient blottis autour du juke-box, et le patron n'osait plus les houspiller ni baisser le son de la machine, où ils laissaient quand même tout leur argent de poche. En essuyant ses tables avec un petit morceau de serpillière, la comtesse maudissait la belle Sophia quand elle la voyait bondir, telle une gazelle, dans ses ballerines argentées, moulée dans des collants noirs qui laissaient tout voir, tandis que son pauvre mari, comme un esclave, trimballait des piles d'invendus. Cette étrangère avait gâché sa vie : elle lui avait volé l'homme qu'elle aimait toujours, et, elle, avait hérité d'un nullard avec une tache poilue sur la joue. Cette diablesse, comme elle l'appelait, avait obtenu tout ce qu'elle avait désiré : elle avait voulu une boutique de journaux, son pauvre mari avait dû vendre l'une après l'autre les différentes pièces du palais familial. La famille se tassait maintenant dans l'ancien salon du palais, tapissé de portraits du maréchal Pétain qui avait été l'idole du père d'André. Ce n'était même pas pour honorer sa mémoire qu'il conservait ces portraits qui partaient en lambeaux, mais simplement par négligence, par flemme de monter sur une chaise pour les décrocher. Sophia ne savait pas qui était le maréchal Pétain, elle pensait que c'était un des grands héros de la France. Elle avait eu son magasin de journaux, pensait la comtesse en continuant de faire semblant de nettoyer ses tables pour observer ce qui se passait sur la place, mais ça ne lui avait pas suffi. C'était une dévoreuse. D'abord, elle avait fait les jouets, puis s'était lancée dans les parfums. En réalité, ce n'était pas un succès car peu de gens à Bareul disposaient de deux cents francs pour s'acheter une eau de toilette, alors qu'on discutait le prix du jambon à l'épicerie. Mais Sophia était fière d'être la seule commerçante bilingue du village, elle avait accroché au-dessus de sa caisse un panonceau où elle avait écrit, en belles lettres appliquées : « Qui parliamo anche l'italiano. »

Il y avait bizarrement une petite communauté d'Italiens à Bareul. Giorgio et Veronica avaient sans doute été les premiers. Un été, ils avaient décidé de faire un périple dans cette région de la France qui était si décriée et, contrairement au vieil évêque, ils avaient trouvé la campagne ravissante, le village typique et calme, et ils avaient décidé de s'y installer. Cela faisait plusieurs années qu'ils parlaient de changer complètement de vie. Giorgio était ingénieur à Milan, mais il avait une maladie rare, catastrophique pour son métier : les paumes de ses mains se rétractaient, et ses articulations devenaient comme de la pierre. Il fallait chaque année qu'il se fasse inciser les doigts pour pouvoir les bouger à nouveau. Veronica s'ennuyait dans une agence de publicité. D'abord ils avaient acheté un studio dans le village, puis ils avaient cherché un lopin de terre dans la vallée, pour y vivre l'été, et cultiver des tomates, des figues, et faire leur vin. Ils avaient recueilli une petite chienne craintive, qui avait dû être battue, et qui aboyait dès que quelqu'un approchait de la maison. Ils étaient les plus proches voisins du Chinois, et de sa Villa Napoléon. Le Chinois, qui conduisait comme un fou sur cette route étroite toute en virages, manquait régulièrement de faire tomber Giorgio ou Veronica de leur Mobylette.

C'était le jour du déjeuner mensuel des curés du district, pour lequel le vieil évêque s'était désisté, et pour l'abbé Billot, que ça se passe chez lui ou chez un autre, car il y avait des tours, c'était toujours une corvée. Les prêtres préféraient se rendre chez l'abbé Georges, au moins il avait une bonne cuisinière. L'abbé de Beufel, chez qui le déjeuner devait avoir lieu cette fois, en avait une exécrable. De plus il n'avait pas très bonne presse parmi les autres curés. Il avait fait restaurer une des toiles les plus anciennes et les plus précieuses de sa paroisse, qui représentait les épousailles mystiques de sainte Catherine passant une alliance à un enfant nu, puis il l'avait posée sur une commode en face de son lit, sous prétexte qu'elle était trop rare pour rester dans l'église, où il serait plus facile de la dérober. Le déjeuner débuta par un silence glacial, que personne ne voulait rompre, comme pour que dure plus longtemps encore le malaise. Soudain, l'abbé Georges pouffa dans son assiette :

« Nous sommes des animaux préhistoriques, dit-il, des ptérodactyles, bientôt nous serons empaillés dans des musées. Regardez, déjà nos soutanes sont devenues des pièces de musée. Plus moyen de se procurer une soutane aujourd'hui, on n'en fabrique plus. Et puis les robes de nos enfants de chœur, ces chasubles d'un si beau rouge et qui dépassaient du lin blanc, eh bien tout cela est fini ! »

L'abbé Billot ne voulait pas participer à cette conversation, un piège ne l'aurait pas étonné.

« Le métier de curé, complètement obsolète, poursuivait l'abbé Georges, déchaîné comme jamais, sans doute parce que l'évêque avait séché la corvée, représente un sacrifice humain complètement monstrueux ! Cette solitude, cette pauvreté, ces privations, ces interdits, et toutes ces obligations sans rien en échange ! Dans quelques siècles, sinon dans quelques décennies, on parlera des prêtres comme on parle aujourd'hui des bagnards de la Guyane, qui devaient briser des rocs. Un monde inhumain ! »

Les curés, plantés autour de la table, étaient figés de stupeur, mais aucun ne prit sur lui de contredire l'abbé Georges, qui pleurait presque.

Le bel André, le marchand de journaux, eut du mal à encaisser la lettre anonyme qu'il venait de recevoir, d'autant plus qu'un double avait été envoyé à tous ses voisins. Il y était écrit : « Sophia suce bien qui le veut. »

Sans prévenir personne, sauf peut-être le chef des gendarmes afin d'asseoir définitivement son pouvoir dans le village et de clouer le bec à la bande des quatre, l'abbé Billot organisa un coup d'éclat dont on se souviendra longtemps. Il invita un archevêque, qui avait été son maître au séminaire et avait toujours pensé quant à lui que Billot était un bon garçon, à venir à Bareul dire une messe suivie d'une procession. Depuis que le vieil évêque ne mettait plus les pieds au village, ses habitants se sentaient un peu privés de la pompe qui l'accompagnait. Un archevêque, c'était encore bien mieux qu'un évêque. Un beau matin, on vit, encore humides sur tous les murs du village, des affiches annonçant l'arrivée de Son Excellence, la messe solennelle où il donnerait sa bénédiction, et la procession qui suivrait. À cette occasion, on demandait aux habitants du village de tendre à leurs fenêtres, selon la coutume, leurs plus belles étoffes. Ce fut un succès analogue à celui du défilé de lingerie féminine, comme quoi, contrairement à ce que disait l'abbé Georges, les ecclésiastiques avaient encore le vent en poupe.

Requis par l'abbé Billot, Hector, le chef des gendarmes, assurerait volontiers la protection personnelle de l'archevêque, et mettrait à sa disposition la Mercedes caramel, depuis la gare, où l'on supposait qu'il arriverait de Paris, jusqu'à son départ le soir.

Dès neuf heures du matin, le bruit fila à travers le village comme une fusée dégoupillée : il est arrivé ! Oui, et bien arrivé. Mais c'est un Noir. Quelle déception ! Après tout, pourquoi un archevêque ne pourrait-il pas être noir ? Une fois le moment de stupéfaction passé, on s'exerça à s'habituer à cette idée, à la trouver normale.

Une foule massive se pressait devant l'église. L'abbé Billot se dandinait devant le portail, un haut-parleur à la main, en hurlant dedans :

« Pas de panique ! Surtout pas de panique ! De la discipline, et tout le monde pourra entrer ! »

Il n'y avait aucune panique nulle part, elle était dans son imagination. L'archevêque était un tout petit homme, craintif et silencieux, qui n'était pas noir, mais plutôt café au lait, peut-être un Malgache. En réalité il était indien, de Bombay, et avait fait son séminaire à Londres. Une fois la messe achevée, au moment de la bénédiction, on vit la comtesse échevelée fendre la foule comme une femme possédée, les cheveux dénoués comme d'habitude mais dans une robe couleur sang qu'on ne lui avait jamais vue, bousculer les gens pour aller se prosterner devant l'archevêque effrayé, lui agripper la main, et baiser goulûment l'améthyste énorme qu'il portait. En fait, par l'intermédiaire de cet archevêque, la comtesse réclamait à Dieu une maladie mortelle pour Sophia, suffisamment longue pour qu'elle connaisse de grandes souffrances, et pour lui laisser le temps, à elle, de préparer son remariage avec le bel André, éventuellement même de zigouiller l'homme à la tache poilue.

Le lendemain, l'abbé Billot ne sortit pas de son presbytère. Il voulait savourer en paix sa victoire, que tout le village devait être en train de commenter.

Aucun mot n'avait même été chuchoté au sujet des lettres anonymes. Le vieil évêque bouda la manifestation, vexé de ce qu'un village où il pensait faire la pluie et le beau temps célèbre ainsi un de ses cadets. Les membres de la bande des quatre restèrent terrés chez eux, rongés par la curiosité et le regret.

Les affaires étant donc florissantes, Fabien, le petit jeune dont s'était amouraché le maçon, le frère du Chinois, fut embauché comme barman au *Pacifique.* Il était joli garçon, il ramasserait de gros pourboires. On ne le voyait plus au village, sinon après son service, vers une heure du matin, foncer en moto pour rentrer chez lui, fixant droit la route pour ne pas tomber sur le maçon, qui effectivement attendait tous les soirs son retour, assis sur le petit muret où les vieux se chauffaient au soleil en été. Mais il ne pouvait plus que l'apercevoir, le maçon criait, Fabien ne s'arrêtait pas. Il n'avait plus besoin du maçon. Il trouvait tout ce qu'il voulait à Lille.

Le maçon cloua sur la porte de sa maison un écriteau qui annonçait : « Fermé pour cause de deuil. » Tôt le matin, avant de rejoindre son chantier, il se rendait au cimetière, et, à l'écart des autres tombes, sur un petit monument indescriptible qu'il avait modelé avec ses mains dans la terre fraîche et humide dont il avait délogé les asticots, il plantait une nouvelle branche d'aubépine.

Le fossoyeur l'aborda. Il avait une main en bois, plutôt un moignon dans lequel un couteau avait gravé les rainures des doigts, autrefois cachée par un gant de cuir qui s'était lentement déchiqueté, et qu'il n'avait pas remplacé. On racontait dans le village que c'était son père qui lui avait fait sauter la main à la dynamite quand il avait huit ans, pour toucher à vie les primes d'indemnité des victimes de la guerre. Officiellement, en jouant dans un champ, il avait tapé avec un bâton sur une grenade qui avait oublié d'exploser lors de la Dernière Guerre.

« Qu'est-ce que tu fabriques ? demanda le fossoyeur au maçon.

— Tu le vois toi-même : je fleuris une tombe.

— Mais qu'est-ce que c'est que cette histoire de deuil ? En passant devant chez toi, j'ai vu ta pancarte. Tu n'es pas mort, que je sache, et personne n'est mort autour de toi, alors qu'est-ce qui t'arrive ?

— C'est l'amour qui est mort, répliqua le maçon. Mon fiancé ne vient plus me voir.

— Sacré pédé, va, dit le fossoyeur avec tendresse, tu seras toujours le même ! »

La sœur de l'abbé Sandre reçut enfin un rouleau de carton expédié de Saragosse : le poster de la sainte, qu'elle fit encadrer avec moult dorures, puis qu'elle alla porter au cimetière, dans la petite chapelle où était son frère, accompagnée par sa mère, par Romélie qui, téméraire, s'était encore fait envoyer bouler par l'abbé Billot, et par la patronne du *Pacifique*, à l'origine de cette initiative. À partir du jour où l'on avait exaucé le vœu de l'abbé Sandre, racontait-elle à ses clients, il ne lui était plus jamais apparu.

Les petits enfants du village, après avoir délibéré pendant des mois et même voté, se regroupèrent en une délégation de dix, les têtes pensantes du cours élémentaire, pour exposer leur requête au professeur de gymnastique, qui était leur dame catéchiste.

« Nous ne voulons pas de ce curé, embrayèrent-ils tout de go.

— Mais de quel curé parlez-vous ? demanda le professeur de gymnastique, tout à fait éberluée.

— De l'abbé Billot, bien sûr, répondirent les enfants. Nous avons été patients, nous avons tenu bon, mais maintenant c'est décidé : nous n'en voulons plus. Ce sera nous, ou lui. S'il reste, nous n'irons plus à la messe, et, ce n'est pas du tout contre vous, croyez-le bien, nous ne viendrons plus à vos leçons.

— Mais qu'est-ce qui vous prend ? bégaya affolée la dame catéchiste. Il est très bien, l'abbé Billot.

— L'abbé Sandre était franc, dit timidement une petite tête blonde.

— L'abbé Billot est un menteur, ajouta un plus grand.

— Mais vous avez des exemples à donner ? demanda la dame catéchiste.

— Pas besoin d'exemples, rétorqua un des enfants. Une certitude : la fourberie.

— Mais a-t-il essayé d'avoir des attouchements avec vous ? dit alors la dame catéchiste pour comprendre.

— Vous voulez rire, dit l'un des garçons. Qu'est-ce que vous entendez par attouchements ?

— Je ne sais pas, moi, balbutia le professeur de gymnastique, je ne connais pas trop ces choses-là. Vous caresser le ventre, vous faire des bisous dans le cou, ou alors, pire, tirer sur votre zizi...

— Bien trop lâche pour ça ! dit un garçon les bras croisés, avec superbe.

— De l'abbé Sandre, nous aurions accepté n'importe quoi, poursuivit la petite tête blonde. Malheureusement, il n'avait pas l'air trop intéressé par nous. Je crois qu'il préférait les gens plus âgés.

— Écoutez, dit le professeur de gymnastique complètement dépassée par ce qu'elle entendait, je vais parler de tout ça avec vos parents.

Comme ça ce sera à eux, ni à vous ni à moi, de prendre leur décision. »

Sophia passa dans les foyers du village, quêter pour Paulette, la prostituée du village, qui croupissait depuis plusieurs semaines dans une salle commune de l'hôpital de Lille, à qui l'on avait déjà retiré les trois quarts de ses outils de travail, et qui n'avait même pas, disait Sophia, de quoi s'acheter une chemise de nuit. Elle quêtait pour la chemise de nuit. Elle eut le culot, l'air de rien, d'aller taper la comtesse, qui lui tendit royalement un billet de cinq cents francs. Elle avait déjà fait le coup à l'église, en jetant négligemment dans une corbeille posée devant l'autel, tandis qu'elle s'abreuvait de l'améthyste de l'archevêque, un billet plié en si petits morceaux, avec une telle discrétion, que ce ne pouvait en être qu'un énorme.

« Tenez, comtesse ! » dit la comtesse à Sophia, car c'était par sarcasme qu'on l'appelait la comtesse, s'il y avait une comtesse dans le village c'était effectivement Sophia, mais elle se fichait de ces choses-là. Sophia rendit son argent à la comtesse :

« C'est dix fois trop pour une chemise de nuit, même pour une chemise de nuit en or, d'autant plus que grâce à Iris et Romélie nous avons eu le prix de gros. Les gens donnent vingt francs, cinquante francs. Vous seriez très généreuse, ma chère voisine, si vous donniez cinquante francs, peut-être qu'on pourra aussi lui acheter un châle. »

Paulette était très aimée dans le village. Elle avait soulagé tellement de vieux dans sa bicoque éclairée par une lanterne qu'elle laissait allumée toutes les nuits. Quand il y avait une garnison de soldats qui passait à Lille, on la voyait descendre d'un pas tranquille, son cabas de plastique rose à la main, suivie à une dizaine de mètres par son grand veau de nièce, vers l'arrêt de bus. Pas trop déguisée, une robe simple, et un peu de rose fuchsia sur les lèvres. On racontait que Paulette vendait sa nièce, qui était simple d'esprit, et quasiment géante, pour quelques francs.

Depuis qu'elle était à l'hôpital, Paulette s'était mise à la poésie. Elle écrivait des poèmes ravissants.

L'abbé Billot était fourbu. Il avait dit trois messes dans la journée, une le matin dans sa paroisse, une deuxième à Beufel pour remplacer son curé qui prenait des vacances, une autre le soir à la campagne, dans la villa des derniers nobles. Il avait roulé toute la nuit avec Hector, et pour la première fois ils s'étaient disputés, pour une bêtise, arguant chacun d'une provenance différente de ces lettres anonymes qui continuaient de persécuter tout Bareul, de plus en plus diffamatoires et violentes. L'abbé Billot aurait mis sa main au feu que c'était le Chinois qui en était l'auteur. Mais le chef des gendarmes lui expliquait que le Chinois ne savait pas écrire, et qu'il n'y avait jamais de fautes d'orthographe dans ces lettres, sauf de si énormes qu'on les avait visiblement faites à dessein.

Hector venait de raccompagner l'abbé Billot dans la cour du presbytère. Ils s'étaient quittés sans se dire au revoir, sans même se donner l'accolade familière. Hector était son seul ami, quel gâchis ! L'aube pointait déjà. En titubant, l'abbé Billot s'essuya interminablement les pieds sur le paillasson, puis s'accrocha à la rampe pour monter l'escalier qui conduisait à sa chambre, il se concentrait pour ne pas tomber en arrière.

Il ouvrit la porte de sa chambre, alluma la lumière, et se retourna : l'abbé Sandre était dans son dos.

« Qu'est-ce que vous faites là ? demanda l'abbé Billot en colère.

— Tu ne me reconnais pas ? Tu n'as jamais vu de photos ?

— Sandre ?

— Tu as très mauvaise mine. Tu fais peur. Jaune cireux, on dirait un fantôme. Tu as dû faire des bêtises ce soir.

— Je vous ai tout de suite identifié : à votre voix. J'ai écouté la cassette.

— Ah oui ! la cassette ! Je l'avais oubliée... Alors il paraît que tu as réussi à terrasser la bande des quatre, tu es plus malin que moi. Ils me faisaient chanter, les escrocs. À moins d'un scandale public, j'étais ligoté.

— Je ne dirai à personne que je vous ai vu. De toute façon, ça n'intéresserait personne. Le village vous a complètement oublié. Depuis que je suis là, je n'ai dû entendre votre nom que deux ou trois fois. Les gens sont ingrats. C'est le curé du village, qu'il s'appelle X ou Y, qu'ils idolâtrent. Hier c'était vous, aujourd'hui c'est moi, et Dieu sait que ça me pèse ! »

D'épuisement sans doute, l'abbé Billot ferma les paupières un très court instant. Quand il rouvrit les yeux, il n'y avait plus personne dans la chambre.

« Ah crotte ! s'exclama-t-il tout haut, la seule question qui m'intéressait, celle des matelas, j'ai oublié de la lui poser. Bah ! J'aurai toujours l'occasion de le lui demander la prochaine fois. »

L'abbé Billot n'osait plus se mettre nu dans la chambre pour enfiler son vêtement de nuit. Peut-être l'abbé Sandre était-il encore là, à l'épier. Mais il fallait se débarrasser de cette idée, c'était la porte ouverte à la folie. De toute façon, il n'avait que deux ou trois heures de repos devant lui, puisqu'il devrait se lever à six heures, comme tous les matins. Il se coucha tout habillé.

C'était un samedi soir comme les autres, en apparence du moins. On refréquentait le café, le temps aplanissait tout, la terrasse était bondée, et la comtesse virevoltait entre les tables avec son carnet de commandes et ses cocktails. Le Chinois était attablé avec Giorgio, ils en étaient à leur quatrième bière, ils parlaient politique, et le ton montait parfois entre eux. Étrange association aussi que ces deux-là. Ça faisait maintenant plusieurs mois qu'on les voyait ensemble.

Veronica avait dit à Giorgio qu'elle ne se sentait pas très bien, et qu'elle préférait ne pas ressortir. Non, elle n'aurait pas peur, toute seule dans cette campagne obscure et déserte. D'ailleurs elle avait la voiture si elle avait besoin de déguerpir. Giorgio prit sa Mobylette pour aller au village, où il tomba sur le Chinois, comme il l'avait espéré. Quand il revint chez lui, il avait beau être raide comme un coing, il se rendit tout de suite compte que la voiture avait disparu, Veronica aussi. Il pensa qu'elle était allée se promener sur un coup de tête, comme cela lui arrivait parfois, et qu'elle allait revenir. Il l'attendit toute la nuit. Au matin, il alla prévenir la police que Veronica avait disparu.

La brigade d'intervention spéciale, menée par Hector, qui ne lâchait pas la carte d'état-major de la région, et avait réparti ses hommes en liaison radio un peu partout, ne tarda pas à retrouver la voiture de Veronica, sur une grève non loin de la plage de Berque. Elle était perchée sur un monticule, et apparemment on avait tenté de la faire dévaler en direction de la mer, mais le sable l'avait freinée. Veronica était à l'avant de sa voiture, inanimée, couverte de bleus et d'ecchymoses, le front ouvert, du sang dans les cheveux et sur les mains, à ses pieds des bouteilles de whisky vides et des tubes de somnifères, du Rohypnol, du Gardénal, du Mogadon. On la transporta en ambulance aux soins intensifs du service de réanimation de l'hôpital de Lille, où on réussit à la sortir de son coma.

Il est probable que si elle y avait laissé sa peau le Chinois aurait été inquiété, parce qu'on avait retrouvé dans le sable, dispersés par le vent, des dizaines de morceaux d'un Photomaton couleurs qui, réassemblés, firent apparaître le Chinois. Une chose aussi était étrange, qui faisait davantage penser à une tentative de meurtre maquillée en suicide, c'est qu'on ne retrouva aucune trace de sang dans la voiture alors que Veronica en était couverte. On l'aurait frappée à mort sur la plage, puis remise dans sa voiture ?

Veronica avait un trou noir dans la tête. Elle

se souvenait d'une impression de froid, suivie d'une grande vague de chaleur. Mais elle était sûre et certaine de n'avoir jamais eu sur elle aucune photo du Chinois, et pour cause.

Elle le haïssait. Elle était devenue sa maîtresse par lassitude, devant ses insistances, elle n'avait plus envie de lui depuis des mois, ça le rendait fou, il la menaçait, si elle arrêtait, de mettre son mari au courant. Elle n'en pouvait plus, elle était à bout de forces, de dissimuler et de trembler de peur, elle voulut mourir.

La vie continuait au village, comme toujours. L'automne allait revenir, tout serait plus triste, on attendrait déjà le retour des beaux jours pour pouvoir refaire des siennes. On était plus audacieux l'été. L'hiver on se calfeutrait. Des lettres anonymes arrivaient toujours, mais elles étaient interceptées dès la poste, ainsi en avait décidé le maire pour décourager leur auteur ; un employé communal passait les prendre, et les brûlait. Des gens se plaignaient qu'on devait brûler les lettres de leur grand-tante. Romélie n'avait plus besoin de sa béquille et on lui avait retiré son attirail barbare, elle boitait très légèrement. Lors du dernier bal de la saison, elle invita Iris à danser avec elle, c'était la première fois en vingt ans d'union, malgré sa timidité Iris accepta. Le jeune Fabien, dont était épris le maçon, revint de temps en temps lui faire un gros câlin. Le maçon était aux anges, il avait retiré la pancarte de sa porte et n'allait plus au cimetière. Sophia bondissait toujours comme une souris à travers la place pour déposer son argent à la banque. Paulette était sortie de l'hôpital, mystérieusement sauve, et elle faisait des lectures de ses poèmes à la terrasse du café, elle disait toujours en riant qu'elle aurait un jour son monument de grande poétesse dans le jardin public. On parlait maintenant de construire dans la vallée un complexe industriel, avec une cheminée qui cracherait une fumée grise nuit et jour. Tout le village était pour : ça donnerait des emplois aux enfants. On chuchotait avec gêne que le Chinois et Veronica s'étaient remis à la colle. L'abbé Billot ne sortait plus avec le chef des gendarmes. Il restait enfermé toute la journée dans son presbytère, et avait encore l'espoir de devenir évêque.

Comme tous les samedis matin, le vieil évêque de Lille faisait sa petite promenade. Il s'était levé très tôt, son majordome lui avait servi son petit déjeuner, l'avait lavé puis habillé. Le vieil évêque refusait toujours que son majordome, qui chaque fois le lui reproposait, craignant qu'il ne tombe ou ne se fasse renverser par une voiture, l'accompagne. Le vieil évêque était d'une humeur guillerette ce matin-là. Un sac de plastique à la main, de marque Schostal, qui était la boutique où il achetait ses bas mi-longs d'hiver en laine Mérinos, il trottinait gaiement le long des grilles du jardin botanique, heureux de ne pas avoir besoin de canne pour marcher. Il traversa la place Graslin sans oublier de bien respecter les feux comme son majordome le lui criait toujours de loin dans la rue lorsqu'il partait, et passa devant l'Opéra comique avant d'entrer chez Pons, son pâtissier préféré, où chaque semaine il tenait à acheter lui-même ses deux cent cinquante grammes de petits macarons fourrés à la framboise, si moelleux. C'était son rituel préféré depuis quarante ans, il ne s'en était jamais lassé. Il se dirigeait vers la poste centrale, la dépassa, au bout de dix mètres il se retourna pour voir s'il était suivi, regarda à droite, à gauche, puis revint sur ses pas et prit place devant les boîtes aux lettres. Soudain il s'affaissa à terre, raide mort. Il avait lâché le sac d'où s'échappèrent les dizaines de lettres qu'il avait passé sa nuit à confectionner, parfois avec honte, parfois avec amusement, tout simplement parce qu'il n'arrivait pas à dormir. Les lettres allèrent dans le caniveau. Un balayeur avait ouvert en grand le débit d'eau. Les lettres flottèrent puis furent aspirées dans les égouts. Personne n'aurait pu se douter que tout ça se terminerait à cause d'un cerveau soudain inondé de sang.

Roman posthume

En 19.., encore archiviste, je pris connaissance, un peu par hasard, par une photographie publiée dans un hebdomadaire, de la personne, puis de l'œuvre d'un certain Jean L., qui avait publié cinq livres courts aux Éditions du Pôle, entre sa vingt et unième et sa vingt-huitième année. Peu de temps après la parution de son cinquième volume, je lui écrivis une lettre, une longue lettre. Mais il n'y répondit jamais, et je ne pus savoir s'il l'avait même ouverte, ou si elle était parvenue entre ses mains, car je l'avais envoyée à sa maison d'édition en priant qu'on la lui fasse suivre, et on ne la retrouva pas dans le dépouillement des papiers renfermés dans les trois premiers tiroirs de sa commode, où il gardait toute sa correspondance, au pied de son lit. Cette lettre fut perdue. Sept jours exactement après l'avoir postée, je lus dans un journal un entrefilet qui annonçait son suicide : il s'était jeté d'un train, en provenance de Paris, qui devait le conduire à A., peu après son passage en gare de V., indiquait-on dans cette page des faits divers. Le jour même, ses parents firent les démarches pour que son corps soit transporté au cimetière de Porquerolles, comme il l'avait souhaité dans un testament olographe. Les années qui suivirent, j'allai plusieurs fois sur sa tombe, qui était sous un cyprès, voisine de la tombe d'un père qui s'était noyé en voulant sauver son fils. Le père et le fils, lisais-je sur cette plaque, et selon le vœu de la mère, avaient été enterrés dans le même cercueil : connaissant bien, par l'intermédiaire de ses livres, la personne de Jean L., je me disais chaque fois avec un certain bonheur qu'il devait se réjouir de cette promiscuité. Ses livres, qui s'étaient épuisés très lentement, ne furent pas réédités, et son nom fut vite oublié. Il allait l'être aussi par moi, je l'avoue, et parce que mes relectures et mes visites au cimetière de Porquerolles se faisaient de plus en plus rares, et parce que ma vie avait pris une autre tournure, le vieillissement m'ayant porté à d'autres affections, à d'autres élections du cœur, quand un article paru dans un journal scientifique et lu par hasard, encore une fois, me donna une nouvelle impulsion. C'est à cet instant de mon préambule que je demande au lecteur de m'accorder toute sa foi.

Une tentative de désatomisation, en Hollande,

d'une certaine surface de paysage irradiée lors d'une expérience, avait révélé, dans ce paysage, comme des grappes accrochées aux arbres et, brisés et semant le sol, la présence de mots innombrables, de phrases dépareillées. Ces groupes de mots, d'une grande banalité, ne devenaient visibles que sous l'effet d'un magnésium en fusion ionique négative, et ne pouvaient être transcrits, durant l'éclat bref de l'osmose, que sur une pellicule photosensible. Des clichés différents, pris par les chercheurs à des intervalles différemment espacés, révélèrent que ces phrases, comme balayées par le vent, n'étaient pas immobiles, mais qu'elles bougeaient d'une fois à l'autre, que certaines avaient disparu, tandis que de nouvelles s'étaient agglutinées en se rivant à des membres de phrases en formation, une sorte de puzzle de mots en perpétuelle transformation. Mais les chercheurs hollandais, peu intéressés par ce phénomène littéraire brut, après quelques communications, l'abandonnèrent à ce point.

Presque dix ans de recherches obstinées et secrètes me permettent maintenant d'affirmer ce qui suit avec la plus grande certitude : que ce soit le voyageur assis dans un train, le conducteur, mais davantage encore le passager d'une voiture, ou encore le promeneur qui traverse un bois ou un jardin, chaque être vivant, sous l'effet d'une locomotion autonome ou mécanique (et la locomotion, comme phénomène purement physique, aiguillonne et accélère le débit de sa pensée), propulse les différents mouvements de cette pensée, affriolée et emballée, sur telle ou telle parcelle du paysage ; au moment précis où sa vue, en concordance avec la pensée, mais plus ou moins brouillée et aveuglée, flouée par elle, se pose sur telle ou telle de ces parcelles, feuilles d'un arbre, virage d'un sentier, horizon, la phrase — mais c'est parfois un seul prénom, comme une incantation sentimentale — vient alors s'incruster en ce point du paysage, poussière d'une route, branche secouée par le vent, soleil couchant.

Les chercheurs hollandais l'ont prouvé : non seulement ces phrases, cette formation littéraire primaire, ne sont pas physiquement perdues, puisqu'une seule combinaison ionique suffit à les rendre lisibles, mais, en outre, elles ne sont pas stables, elles bougent, avancent, reculent, se soustraient ou s'additionnent, s'embellissent ou s'enlaidissent comme sous la main patiente de l'écrivain.

Et c'est là que je réclame du lecteur, encore une fois, et plus que jamais, sa bonne foi : je suis un homme des plus sensés (mais le fou ne dit-il pas qu'il est raisonnable ?), qui n'agit sous l'effet d'aucune lubie, et il faudra voir, dans ce que je vais dévoiler maintenant, plus qu'une ficelle romanesque, une importante communication sur les activités de l'au-delà.

Les phrases, jetées négligemment par les vivants, ou au plus noir de leur désespoir, et sans que leurs sens leur permettent d'en discerner la fixation, sont en fait la nourriture des morts, qui ne mangent pas, et qui passent leur temps, leur enfer comme leur paradis, à la recherche des phrases les plus rares, comme l'abeille butine le suc des fleurs pour le rapporter à la ruche, ou à l'élimination des phrases les plus futiles, divagation sans fin et sans sommeil des âmes qui virevoltent tout autour de ces grappes de mots pour n'en tirer que le miel. Les phrases sont la nourriture et elles sont les monuments des morts, elles sont leurs œuvres, leurs romans, ils les tissent lentement et patiemment, à force d'innombrables allées et venues, et parfois les mots tombent de leurs poches ou de leurs sacs trop pleins, et ils enjambent les frontières pour faire des mélanges baroques, et chaque point de l'horizon et le soleil couchant de chaque nouveau soir regorgent de ce mets dont ils raffolent (les pensées des vivants, ou de ceux qui l'ont été). Les âmes les plus laborieuses s'emploient à nettoyer le paysage de ses phrases ordurières ou indifférentes, mais il est des âmes dévouées qui s'attachent seulement à reconstituer les tout premiers brouillons de tel grand écrivain en promenade. Inaccessibles à nous, dans l'atmosphère flottent des œuvres admirables qui sont sans cesse consultées par la part contemplative de la population des morts. Les âmes les plus torturées ou les plus incertaines, celles qui n'ont jamais rien produit de leur vivant, remontent le cours de leurs vies et de leurs pérégrinations, à reculons, simultanément dans la géographie et dans l'histoire, et tentent de retrouver et de recoller le suc de leurs jeunesses. Les âmes abominables ne font qu'errer, désespérément, selon les lois, pour effacer à la gomme de leurs larmes et de leurs doigts râpés, de leurs bouches usées, leurs imaginations les plus viles. Les animaux ont de tout autres préoccupations (un chercheur animiste les dévoilera peut-être un jour) mais il existe certaines âmes amoureuses dont tout le travail, à jamais, ne consiste qu'à l'édification d'un seul mot, en général un prénom, ou un chuchotement câlin, mais gigantesque, et fait d'un assemblage de milliards de mots usés ou dépareillés jetés par les âmes serviles dans la grande fosse aux ordures. Ainsi, dans un certain pays, les âmes pèlerines s'en vont-elles par les courants des vents jusqu'à un très étrange monument qui n'est composé que d'une seule lettre géante, un T, dont il a fallu, pour faire le ciment, briser plusieurs romans précieux pour en entremêler les lettres.

Mais revenons-en à Jean L. dont nous nous

sommes, apparemment, un peu éloignés. Les causes de son suicide n'avaient jamais été tout à fait élucidées, et aussi, dans quelques entretiens qui ont précédé sa mort, lui qui n'avait jamais écrit de roman, et en même temps n'avait fait qu'écrire, comme tant d'autres, que dans le rêve d'un roman, il avait déclaré qu'il venait de commencer un travail, justement, qui pourrait être un roman. Mais on n'en retrouva, dans ses papiers, que quelques bribes éparses et énigmatiques qui n'avaient même pas eu le temps d'en constituer une ébauche.

J'ai pensé que peut-être, en me livrant à cette sorte d'enquête, comme le butinage d'un mort, qui consistait à « radiographier », tout au long de ses derniers trajets, et plus particulièrement celui qui a tout juste précédé sa mort — c'est-à-dire en cheminant par le paysage de chaque côté des voies ferrées de la ligne Paris-V. —, le maximum de ses pensées, les dégageant, comme les pierres précieuses d'une fouille, des gravats de toutes les pensées triviales ou ordinaires des voyageurs qui l'ont suivi sur ce parcours, je pourrais à la fois obtenir des informations sur les causes de son décès, et reconstituer peut-être la plus grande partie du roman qu'il projetait d'écrire. Les circonstances de son suicide et le thème de son roman, qu'il ne put écrire, interrompu par la mort, sont intimement mêlés.

Je prie le lecteur de m'imaginer, pendant quelques instants, lors de mes nombreuses pérégrinations, comme un illuminé, ou comme un chasseur de papillons saugrenu, occupé à suivre ces sinistres rails, et mètre après mètre, à provoquer ces explosions sodiques pour pouvoir détecter, dans le paysage nocturne en fusion, les plus fortes concentrations de pensées, les démêler, les photographier, puis les agrandir, et reconnaître ses tournures (les pensées qui ont précédé sa mort avaient déjà une forme littéraire, elles étaient toutes tournées vers ce rêve du roman) et alors les déposer dans le silence de la bibliothèque où je travaillais alors et où je retournais chaque nuit, car c'était le seul endroit suffisamment large pour pouvoir accueillir tout mon butin déversé, et qui se recomposait en longs rubans de phrases sans cesse entrecoupées, recollées puis défaites.

J'ai trouvé, sur le bas-côté de la voie ferrée, à soixante-trois kilomètres de la gare de V., un amas de pensées particulièrement concentrées et vivaces, intouchées, et qu'on retrouvera ici à la fin du roman : j'ai tout lieu de croire que ce sont les toutes dernières pensées du vivant, car les phrases qui ont jailli avec la spasmodicité du pouls qui déjette le sang hors d'une veine tranchée, et comme des fleurs rouges lancées sur le cortège, ces phrases délimitaient un espace vide, et où l'herbe bizarrement n'a jamais repoussé, comme la silhouette du corps abattu dessiné à la craie sur le sol par les policiers, espace tordu et calciné, défoncé par le corps dont la dynamique du train, j'ai posé la question à des spécialistes, devait accroître le poids. Par contre je n'ai pu trouver aucune gerbe de phrases autour de la tombe de Jean L. à Porquerolles, comme certains de ces caveaux dont les occupants font croître de douloureuses fleurs posthumes. Ou bien L. n'est pas le vrai occupant de cette tombe, ce qui est peu probable, ou bien il s'est définitivement tu pour se livrer à d'autres occupations (des phrases détectées dans de nombreux paysages me laissent croire que les morts s'adonnent aussi à la peinture, mais je serais bien curieux de deviner quels sont leurs motifs et leurs instruments, cela sera peut-être élucidé un jour), ou bien encore considérait-il que son roman avait eu le temps de se boucler à l'issue de son voyage dont il devait décréter comme arrivée, et comme fin du livre, sa propre mort.

Ainsi trouvera-t-on dans ce livre des grossièretés, car il n'a pas été vraiment écrit, il a été ourdi, commis par la pensée d'un homme juste avant sa mort, et on trouvera des trous, des sautes de temps, des chiffres de renvoi qui ne mènent à rien, comme les stations d'un train fantôme, et donc un appendice blanc. On y trouvera des répétitions, car Jean L. à ce moment extrême de sa vie butait sur certaines obsessions, et des incertitudes de sujet car il ne s'était toujours pas décidé, au moment de sa mort, à la forme exacte qu'il voulait donner à son roman.

Je n'ai ajouté aucun mot, je n'ai fait que reconstituer. Je me suis peut-être complètement trompé, peut-être cet assemblage est-il complètement aberrant et serait-il désavoué par L. ? Le lecteur aura toujours la possibilité de composer un autre livre à partir du matériel fourni, je le lui livre donc avec d'imaginaires ciseaux...

(1982)

Pour P.
Dédicace à l'encre sympathique

J'avais à l'égard de cet homme un sentiment biscornu : à la fois j'aurais pu dire que je l'aimais et, lorsqu'il m'arrivait de me retrouver en face de lui, enfin, j'avais envie de lui sauter à la gorge.

Je rêvai que j'habitais son appartement, mais ce rêve n'était pas encore meurtrier, je ne m'appropriais pas les biens d'un défunt, il me les avait abandonnés, par lassitude, par amitié, il avait désiré des meubles neufs, et il m'avait cédé le canapé de velours vieux et râpé, les fauteuils trop profonds et dépareillés, le système stellaire monté sur tiges d'or, le théâtre de guignol de son enfance, les rideaux mités, les loupes de verre cerclées de bois sombre, tous ses objets les plus chers, la chouette empaillée et la couronne de mariée en perles de cire, le coussinet vide sous sa cloche funéraire, il me les avait légués, sans regrets, et j'étais seul, maintenant, dans cet appartement trop grand, assis dans un de ces fauteuils trop profonds qui sentaient la rose pourrie, il m'appartenait mais je ne savais pas comment l'occuper, chaque geste ou chaque pas m'effrayait, j'étais comme l'intrus sacrilège qui avait violé les scellés. Cet appartement que j'avais tant de fois traversé, non comme un ami et encore moins comme un amoureux, comme un simple collaborateur, marchant à pas légers, glissant presque sur les longues lattes de bois vernissées qui donnaient au parquet l'horizon chaviré d'un paquebot en train de couler, il me semblait que des années plus tard j'aurais pu le retraverser en aveugle, les yeux bandés, et que dès maintenant, à distance, je pouvais en recenser toutes les images et toutes les babioles, les crinières de feu peintes par son père, les adolescents maigres, les fumeuses lascives, les monstres pris à Hoffmann, les squelettes dans leurs gigues, et jusqu'à la poussière rédhibitoire teignant à jamais la tranche de certains livres, le trousseau de toilette inutilisé, le broc et la cuvette de faïence, soudain je les laissai tomber par une fenêtre, en vrac, pour qu'ils se brisent dans la benne à gravats pleine d'ordures d'une entreprise de nettoiement, au lieu de les baiser ou de les vénérer en silence je les jetai au feu, mon rêve était dépassé.

Mon dossier sous le bras, dont l'épaisseur devait s'accroître d'année en année, je me dépêchais de monter l'escalier ; les larges marches blanches qui s'épandaient en courbes comme les lamelles de marbre d'un éventail monumental, je les gravissais deux par deux (et les rêves doublaient ce régime), dans un élan formidable, et je rasais les angles aux bordures de la rampe, comme pour m'assurer que je connaissais ce trajet par cœur, et qu'il ne pouvait me faire défaut, même ces jours d'orages qui l'obscurcissaient presque complètement, comme le couloir de course maîtrisé par l'athlète. Arrivé au deuxième étage, j'étais essoufflé ; planté devant sa porte, je m'accordais le temps de me reprendre, pour pouvoir me présenter à lui l'air le plus détaché et le plus calme possible, comme un commis, mon souffle apaisé, mais parfois aussi, certains après-midi de rage, de ce ressentiment trop vif que déjà il provoquait en moi, il me plaisait au contraire d'arriver le cœur battant, le souffle coupé, au point de ne pouvoir prononcer un mot pendant plusieurs minutes, comme pour l'effrayer. La grande porte de bois bleu sombre et vernissée ne portait d'autre inscription ou d'autre trace que les éraflures de la barre de fer des cambrioleurs qui lui avait valu un renforcement supplémentaire, généralement il n'en parvenait aucun son (je dis aucune inscription, pourtant j'étais presque jaloux du début de graffiti illisible qu'une clef ou un canif sans doute surpris dans sa tâche avait laissé sur sa porte) ; un œilleton, qui n'était jamais fermé, laissait percer un petit point de lumière vive ; j'attendais le moment où son pas, qui était décidé, toujours en retard par rapport à la sonnerie, et qui s'accompagnait souvent du bruit d'une cigarette qu'on allume, ou d'un cigarillo qu'on rallume, allait m'annoncer cette ombre passagère qui troublerait, une seconde au plus, l'éclat de lumière si infime. Alors mon cœur pourtant dompté se remettait à battre, et je me dépêchais de changer mon dossier de main, pour m'assurer que la paume que je lui tendrais ne serait pas moite. Souvent, encore, et bien avant qu'il eût le temps d'être assez près de l'œilleton qui pouvait trahir mon geste, je replaçais d'une main sur mon front, afin de le cacher, les boucles qui avaient pu voler dans le vent, je marchais toujours tête baissée en allant chez lui. Enfin il ouvrait la porte, et chaque fois son regard, qui, d'un jour à l'autre, pouvait être oblique ou droit, et jusqu'aux dernières visites, me touchait au cœur. Il le voyait, et de fois en fois le vice de ce regard se sentait davantage assuré de son effet, de mon bouleversement. Je lui tendais ma paume asséchée contre le pantalon, et lui, plus petit que moi, approchait ses lèvres de mon visage. Je le dépassais rapidement pour entrer dans la pièce, j'entendais sa voix dans mon dos, et je ne me retournais pas, j'étais terrorisé à l'idée qu'il pût discerner quelque chose de ridicule dans mon habillement. Je n'avais jamais autant honte qu'en sa présence d'un ourlet de pantalon défait, d'un col de chemise râpé, d'une tache quelconque, même d'un bracelet de montre trop neuf qui pouvait dépasser d'une manche, et dont je soupçonnais qu'il trouverait l'éclat vulgaire. Lui-même était, comme toujours, assez mal habillé, ou plutôt indifféremment, de vêtements ternes et communs, mais il se permettait souvent des remarques sur mon habillement, comme pour me mortifier un peu plus. Il savait combien je pouvais être mal à l'aise physiquement devant lui, et il s'en amusait avec une ironie taquine, plus attentive que désagréable. Tantôt il me disait, en baissant les yeux sur mon pantalon : « Ah oui, c'est une forme de pantalon que je n'aime pas du tout, je ne mettrais jamais ça », tantôt en reconnaissant ma veste : « Ah, mais ça fait deux ans que tu mets la même veste, tu pourrais quand même t'en acheter une autre », tantôt, touchant du bout des doigts ma cravate : « Quelle horreur, c'est une cravate de deuil, tu n'es pas fou de mettre ça ! »

Il était superstitieux. Certains jours, parce qu'ils portaient sur le calendrier un numéro qu'il disait néfaste, il ne voyait personne et restait enfermé chez lui. Il avait au contraire ses jours d'élection, auxquels il commençait un nouveau travail, acceptait une commande ou signait un contrat. Il était né le jour des Morts.

Longtemps j'avais ardemment désiré de lui un cadeau, un jour de Noël ou d'anniversaire. Venant de lui, le cadeau le plus quelconque aurait acquis un prix extraordinaire, mais ce cadeau ne venait pas. Des années je l'attendis tout en sachant que s'il pouvait de son côté soupçonner ma requête, il l'aurait trouvée vile et prétentieuse. Un de ces jours des Morts, de la deuxième ou de la troisième année, je ne m'en souviens plus, comme pour lui exposer mon souhait, à l'envers, je me décidai, dans le petit studio que j'occupais, à choisir un de mes objets peu nombreux, et un de ceux, précisément, auxquels je tenais le plus, et à le lui apporter, sans paquet, sans papier d'emballage, pour bien lui montrer sa provenance, ce fut cette porcelaine mate, ce traîneau de neige plein de pétales de fleurs que convoyaient deux anges nus. Il hésita, puis alla la poser dans sa chambre, non loin de la chouette empaillée, cette chambre, toujours dans la pénombre, à laquelle je n'avais eu accès qu'indiscrètement, clandestinement, en découvrant, d'un coup d'œil en biais, des chaussettes qui sortaient de bottes, ou une serviette jetée sur une chaise. De sa vie la plus intime, je ne voulus jamais rien savoir, je ne lui posai aucune question et lorsque je compris un jour qu'une personne avait pénétré dans cette chambre, et qu'elle pouvait y avoir accès de nouveau, et lorsque dans une conversation, avec ce plaisir si intense qui consiste à parler à un tiers de celui qu'on aime, il fut sur le point de me dévoiler son nom, je devins sourd par le seul effet de ma volonté, et reléguai cette personne à l'état d'autre, d'initiale. Devant lui, je n'en parlai jamais que sous la lettre X.

Longtemps, nous nous étions vouvoyés, et quand son corps s'était couché sur le mien, je l'avais encore vouvoyé. Puis son corps ne s'était plus couché sur le mien, plus jamais, et des années plus tard nous nous vouvoyions encore. Un jour, le vin aidant, ou la gaieté d'une trouvaille dans le travail, il me dit : « Cela fait bien longtemps que nous nous vouvoyons, on pourrait peut-être se tutoyer, non ? »

Jamais ne survint la réplique de mon cadeau, et j'eus beau l'attendre, je ne le renouvelai pas. Mais je mens lorsque je dis que plus jamais son corps ne se recoucha sur le mien. Chaque année, mais une seule fois par an, comme un anniversaire, à une date imprévisible qu'il était le seul à pouvoir fixer, il n'avait qu'une parole à dire, ou plutôt qu'un regard à me tendre, pour que je me redonne à lui, pour qu'aussitôt je me dévête et que je m'allonge sur le sol, fût-il de glace ou de feu, devant lui, pour que mes genoux plient, pour que mes bras l'encerclent. Jamais je ne pouvais le retenir plus du temps accordé à la jouissance, il refuyait, et je finis par prendre ces étreintes annuelles comme des sortes d'examens, de tests de disponibilité ou d'aveuglement, et elles me répugnèrent, je les trouvais toujours plus tièdes et mécaniques, d'une horrible et humide tiédeur. L'année qui précéda l'événement que je vais raconter, je me cabrai et l'abandonnai au plus profond de la misère de son ivresse.

Souvent, lorsque j'avais rendez-vous avec lui, et toujours chez lui, je m'efforçais d'être excessivement ponctuel. Mais toutes les premières fois, lui n'était pas là, il avait pris du retard lors du précédent rendez-vous, ou avait oublié le nôtre, ou feint de l'oublier, et après avoir accompli les gestes déjà rituels du passage du dossier d'une main dans l'autre, puis de l'épongeage d'une moiteur éventuelle sur le revers du pantalon, puis de cette main repassée dans les cheveux au tout dernier moment, celui de la sonnette, je devais me rendre à l'évidence de son absence. Mais peut-être était-il chez lui, occupé, ou n'était-il pas seul, je me retournais pour voir si personne ne pouvait me surprendre et j'approchais mon œil au plus près de l'œilleton mais il ne me donnait qu'une impression de froid lumineux, et enfin j'étais soulagé, entendant la sonnerie forte du téléphone, de constater que personne ne décrochait. Je m'asseyais sur une marche, même dans le froid le plus vif, et je l'attendais, un quart d'heure, une demi-heure, une heure, je ne bougeais pas, m'empêchant de prendre le livre qui était dans mon dossier, je ne faisais que le maudire, comme une prémonition de toutes les malédictions que j'allais jeter sur sa tête, je le maudissais de ne m'avoir pas prévenu, ni laissé un mot sur sa porte (je savais bien que le mot le plus bref et le plus ordinaire aurait été conservé précieusement), je restais assis sur ma marche mais mentalement je me voyais me lever, et attacher un lien à l'anneau qui pendait au sommet de la cage d'escalier ou à un des motifs de la rampe, et je me laissais tomber dans le vide, étranglé par le lien qui s'était déroulé, je voyais mon corps ballotter et je le voyais arriver, rapidement, enlevant ses lunettes noires, allumant une cigarette, et je prenais du plaisir à le voir se cogner dans mes pieds ballants et lever son regard vers mon visage bleui. Mais il arrivait pour de bon et feignait la surprise, il me disait une parole d'excuse mécanique et pressée, et ouvrait sa porte. Comme par décence vis-à-vis de moi, comme pour m'accorder à moi-même cette décence qu'il me refusait, je réduisais oralement le temps de mon attente, je mentais et il n'était pas dupe, j'étais frigorifié et il ne me proposait aucune boisson chaude, nous passions directement à sa table de travail. Nos seules entrevues se déroulèrent ainsi les premières années, mais dès la troisième année, et cela était pour moi comme une victoire lente et insidieuse qui en même temps me faisait aussi mal qu'une ablation de ce qui m'était encore le plus cher, ce sentiment extrême que j'avais pour lui, si confusément placé entre l'amour et l'amitié et l'admiration, je ne l'attendais plus, je ne m'asseyais plus sur la marche glacée, je descendais au café, comme il me l'avait conseillé. Il m'y retrouvait, s'excusait, et nous buvions ensemble un café, il plaisantait, nous parlions de choses et d'autres, de choses quotidiennes comme nous ne nous permettions presque jamais d'en dire entre nous. La quatrième année, mais peut-être vais-je trop vite dans cette chronologie, un petit mot avec la première lettre de mon prénom, et qui était clos par la première du sien, était coincé dans une rainure de la porte. Je le dépliai avec délectation, espérant même parfois qu'il ne serait pas là, juste pour que ce mot, qui portait pourtant le minimum de sentiment, soit présent à sa place. Je le mis dans ma poche et descendis au café. La cinquième année, un coup de téléphone, tôt le matin, me prévenait généralement que le rendez-vous était retardé ou avancé. Un jour de la sixième année, ne voyant aucun papier qui dépassait de la porte, et étant assuré qu'il serait là, je fus accablé de devoir ressonner dans le vide, et je me pressai de ne pas l'attendre, fût-ce cinq minutes. Par peur de le croiser dans la rue, je me dépêchai de trouver un taxi pour rentrer chez moi. J'avais juste laissé sur sa porte un petit mot, qu'il me dit implacable et sans retour lorsqu'il me téléphona, sa sonnerie me précédant alors que je montais encore mon escalier, et je savais que c'était lui. Je lui parlai froidement et repris un autre taxi pour le retrouver. Il fut particulièrement chaleureux. Toutes les fois suivantes, j'avais l'assurance qu'il serait là, qu'il n'aurait pas une minute de retard. Le roi de la jungle était dompté, ou peut-être était-ce le lion qui avait soumis son dompteur, mais l'un ou l'autre, à ce point de soumission, attaqua l'autre pour le briser, et ces visites furent de plus en plus rares. La rupture se produisit dans le cours de la septième année, par à-coups, comme par assauts, et ni l'assaillant ni la forteresse, au risque de se rompre le cou, ne voulurent courber la nuque.

À cette époque, son appartement, qui n'avait pas encore été revendu pour être transformé en bureaux, se composait ainsi : on y entrait par une sorte de couloir large, de hall plutôt, qui donnait, à gauche sur la cuisine, et à droite sur la porte de la chambre toujours fermée, ou entrouverte, puis il y avait, en face, une porte ouvrant sur trois pièces consécutives, aux fenêtres sur rue, premièrement un salon où il recevait ses visiteurs, mais qui était aussi une salle de lecture, une sorte d'antichambre à la vraie salle de travail, dans laquelle on pénétrait alors, et qui était presque exclusivement composée, outre la bibliothèque sculpturale, taillée dans le bois brut, qui tapissait tout le mur du fond, de simples planches posées sur des tréteaux recouverts de vieux rideaux usagés où s'entassaient, différemment, les piles de livres et de dossiers relatifs à ses travaux en cours, et, plus au centre, une table plus grande qui faisait office de bureau, au confluent de toutes les autres tables, vers lequel elles se déversaient, successivement et en partie. Son fauteuil, de bois œuvré et profond, faisait face aux fenêtres, comme à la maigre chaise branlante sur laquelle ses quatre ou cinq collaborateurs, à contre-jour, et dans les différentes tranches de temps qui leur étaient imparties, se succédaient. C'est sur cette chaise que je m'assis, durant six ans, pour accomplir cette œuvre irréalisable dont nous rédigeâmes douze versions différentes, avant l'abandon. Il arrivait souvent que l'heure d'un travail empiète sur celle d'un autre, et que deux collaborateurs se croisent, effarouchés, se tendant timidement la main à travers lui, enrageant secrètement de trouver sa chaise occupée, ou, inversement, de devoir la céder.

Cette salle de travail, où parfois il me faisait

écouter un peu de musique, ou me laissait entre les mains un album de photos, pour me faire patienter lors d'une trop longue liaison téléphonique, donnait, tout au fond de l'appartement, sur une bibliothèque inoccupée, qui devint plutôt un débarras, et qu'il tenta de transformer en chambre d'ami, qui ne tarda pas à ressembler, malgré son lit muni de draps et de couvertures, comme dans certains films d'horreur, à cette chambre condamnée qui fut un jour celle de l'être cher et défunt ; de l'autre côté le bureau s'ouvrait sur sa chambre, et il lui arrivait, à l'intérieur du temps réservé au travail, soit de débrancher son téléphone dans l'une ou l'autre, ou l'une et l'autre des pièces, soit de transplanter le poste du bureau dans sa chambre pour pouvoir s'y livrer, une fois la porte fermée, à une conversation plus intime dont je guettais chaque mot. Si l'on traversait sa chambre, ce que j'eus l'occasion de faire une fois, le cœur battant, comme un voleur, alors qu'il était descendu raccompagner le précédent visiteur (que signifiait un tel geste de prévenance, qu'il n'avait jamais pour moi ?), on se retrouvait dans la pièce d'entrée, restée vide longtemps, jusqu'à ce qu'il se décide à y mettre une table, des chaises, et à acheter de la vaisselle.

Un de ces jours de travail, car, je l'ai déjà dit, et ce récit en ce point risque de paraître une longue trame de jalousie, nous n'avions plus aucune relation hormis celle du travail, il s'excusa de sa mauvaise forme, de son peu d'entrain. Il avait trop bu, me dit-il, la veille au soir, c'était précisément le lendemain du jour des Morts, je m'étais bien gardé de lui faire remarquer que je m'étais rappelé cette date d'anniversaire, et alors que je venais de découvrir la présence de la table et des chaises nouvelles plantées dans l'entrée, il ajouta : « Oui, j'ai fêté mon anniversaire, et pour la première fois ici, j'ai invité mes amis, c'est fou ce que c'est agréable de dîner chez soi. » Je n'aurai pas besoin de dire l'effet que produisirent ces mots.

En fait, il ne me donnait d'autre signe d'amitié que ces cartes postales qu'il m'envoyait à chacun de ses voyages, de Rio de Janeiro ou de Budapest, et dont les quelques formules usagées, mais dont tout à coup il n'était plus avare, devenaient un baume dans le désert habituel.

Chaque fois qu'un de mes livres sortait, un de ces livres que peut-être je n'avais écrits et fait paraître que pour lui, non tant pour lui prouver que je pouvais marcher seul que par crainte qu'il ne m'abandonne un jour, dans ce travail que nous avions entrepris, et auquel je tenais par-dessus tout, parce qu'il était lié à lui, parce qu'il me liait à lui, pour le léguer à quelqu'un d'autre, une personne connue et reconnue, il se contentait de me remercier au téléphone par deux ou trois mots chaleureux, qui ne lui coûtaient rien, qui ne laissaient aucune trace. Ainsi je m'efforçais à mon tour, par mes livres, d'être un tant soit peu connu et reconnu pour que mon nom un jour puisse être accolé au sien, et à égalité, comme un mariage secret, sur une affiche, sur un journal.

Pendant six ans, je m'étais mis à sa disposition et j'avais fait passer sa demande avant tout, et avant mon propre travail, celui-ci n'existant au départ que pour combler les vides que son absence et ses autres travaux, comme des trahisons du nôtre, me faisaient subir. Je l'attendais. Il pouvait ne me donner aucune nouvelle pendant six mois, et d'un jour ou d'une nuit à l'autre revenir à la charge, et exiger de moi des dizaines de pages qu'il se mettait sous mes yeux à biffer, à souligner, à recopier, comme pour se les attribuer par sa propre écriture. Il pouvait me réveiller à trois heures du matin, du standard de l'hôtel d'un pays étranger où son travail le retenait depuis des mois, pour me dicter une liste de corrections, qui consistaient souvent en des déplacements de virgules, et que je devais dès le lendemain reporter sur la prochaine version, qui était peut-être la sixième, mais que sur sa décision nous ne faisions toujours lire à personne, et cela voulait dire aussi, alors que depuis quatre ans je n'avais pas touché un centime pour ce travail, retaper entièrement une centaine de pages, soudoyer des secrétaires, m'infiltrer la nuit ou des dimanches après-midi dans le seul bureau qui m'était accessible et dont les machines possédaient les seuls caractères qui lui convenaient, et payer des photocopies, puis lui poster le nouvel exemplaire en exprès, en attendant ses prochaines corrections. Et pendant six ans je m'étais mis à sa disposition, j'avais attendu, si ces termes peuvent avoir quelque chose de réel, le cœur et l'âme grands ouverts, pour qu'il vienne y prélever, comme une dîme, comme une ponction au plus profond de moi-même, l'écume, tout le sel de la surface d'eau asséchée, la crème déposée sur le lait sali et vidé de ses substances (ce lait-là était un peu toute mon autre écriture, qui devait quand même noircir les pages de cinq ou six volumes, mais rétrospectivement je dus convenir que c'était cette écriture à laquelle j'attachais d'abord le moins de prix, l'écriture morfondue de l'abandon, qui était la plus précieuse). Et en échange de cela, aucune gratification : je ne comptais pas, et j'étais bien vaniteux de le regretter, parmi ses quelques amis qui pouvaient figurer autour de sa nouvelle table d'anniversaire ; il prenait souvent garde d'omettre mon nom dans les interviews où il devait parler de notre travail.

Pourtant, pour atténuer un peu l'aigreur de ces

récriminations, je suis bien forcé de me rappeler ce contrat tacite que dès le départ il m'avait proposé, et que j'avais accepté, avec joie : non pas d'être son nègre, comme tout ce qui précède peut le laisser penser, mais de travailler ensemble dans la plus grande liberté, sans être payés, ni l'un ni l'autre, pour pouvoir mener notre travail là où nous voulions exactement le mener, sans aucune contrainte extérieure de temps ni d'argent. Cela était possible puisque l'un comme l'autre, à des échelles différentes, nous avions un travail qui nous faisait vivre. Mais deux ans après ce pacte, une première fois, il le trahissait.

(1982)

Nécrologie

Depuis trois jours, j'attendais l'appel de P. (apparemment, la preuve en est ces lignes, j'étais impatient de le faire entrer dans une histoire). Je m'étais couché vers dix heures, après avoir dîné seul, un peu malade. J'avais déposé des comprimés pour la gorge près de ma montre au pied de mon lit ; en me baissant pour éteindre la lumière j'avais remarqué un amas de poussière et de cheveux que j'avais ratissé désagréablement du bout des doigts et je m'étais relevé pour aller le jeter dans la poubelle. Je fus réveillé à huit heures quarante par un mort. Le téléphone sonnait, j'allumai la lumière pour voir l'heure. Je pensai immédiatement que c'était lui, P. Si j'avais pu deviner, comme il aurait été raisonnable de le faire, que c'était une collègue du journal qui m'appelait pour enterrer un mort, je n'aurais pas décroché, j'aurais trahi mon engeance. Je fus affreusement déçu en entendant la voix de la femme. J'hésitai même à refuser la tâche, mais c'était un ornithologue vénérable qui était mort, je me sentis responsable. Je demandai à quelle heure le papier devait être dicté, ma collègue me mentit, elle me dit : dix heures. Je raccrochai, il était huit heures quarante-cinq, il me restait une heure et quinze minutes. Je me levai aussitôt, me rasai et me douchai puis, en attendant que mes cheveux sèchent — je savais bien que je ne pourrais rien écrire si ma tête n'était pas lavée —, je fouillai dans les dossiers de mes bibliothèques à la recherche de quelques renseignements concernant cet ornithologue anglais mort à la veille de son soixante-dix-neuvième anniversaire. Je rassemblai tous mes dictionnaires d'ornithologie et sortis, la tête encore un peu mouillée, il était neuf heures dix ; j'emportai avec moi, pour le lire au café, l'article le plus important qui avait été écrit, de son vivant, sur cet ornithologue. Dans la rue je butai sur des regards qu'il m'est inhabituel de rencontrer : ceux d'enfants indigents, et de ces êtres rouges qui avaient passé leur nuit à digérer la viande des chevaux. Un homme penché dans une poubelle rassemblait un ensemble de missives coupées en deux. Je tâchai de le surprendre mais il ne voulait pas expliquer son geste, et me lança un regard de biais soigneusement vide, même pas hargneux, que de mon côté je m'empêchai de soutenir. Il me passa dans la tête l'idée de salir la mémoire de l'ornithologue, de ne dicter que de fausses informations, que personne sans doute ne vérifierait, je suis encore le seul spécialiste d'ornithologie dans ce journal et dans ce pays. Je soupçonne même certains de mes confrères de ne pas savoir ce que ce mot pourtant commun recouvre, et si je m'intéresse davantage aux oiseaux, aux insectes, aux vers de terre ou aux ornithorynques. Mais je m'attardai au café, relisant mon article en croquant dans un croissant sec. La grosse femme du café n'était pas habituée à me voir à cette heure, quand je la quittai et regardai ma montre, il était neuf heures trente. J'avais devant moi très peu de temps, une demi-heure, à peine le temps de retourner chez moi, monter les cinq étages, poser le croissant entamé sur le rebord de la cheminée en pensant que je le finirais une fois faite ma besogne, me laver les dents et me mettre au travail. Je craignais surtout les sténos. J'avais eu affaire à elles à deux reprises, envoyé par le journal dans des pays lointains pour des festivals d'ornithologie. J'avais appris que dicter un article était une grande humiliation : les sténos hargneuses me faisaient répéter mon nom plusieurs fois comme celui d'un imposteur, accueillaient par des soupirs exaspérés le nombre de feuillets que je leur annonçais, tentaient de se débarrasser de moi en me reportant de l'une à l'autre, coupaient la communication, promettaient de me rappeler, m'obligeaient à répéter certaines phrases, toujours les plus pénibles à répéter, me faisant comprendre par le ton de leur voix toute la futilité et la honte de mes préoccupations, elles qui étaient les premières à connaître les coups d'État, les catastrophes aériennes et les morts des puissants. Je m'obstinais à dicter les virgules et à épeler les noms propres, malgré leurs objurgations : je savais de toute façon que je lirais le surlendemain un article tout autre que celui que j'avais rédigé, ignominieusement signé de mon nom, une fantaisie atroce que les regards apitoyés de mes confrères et de nombreuses lettres de lecteurs mécontents me feraient regretter. Les rectificatifs étaient suicidaires : chaque mise au point m'enfoncerait encore plus aux yeux de ces êtres jaloux. Je préférais affirmer que oui, c'était bien moi qui avais écrit ces âneries. La fréquentation, si l'on peut dire, de ces sténos avait attisé, dans l'écriture, le sens de l'inutilité, la haine des répétitions. Le temps passé avec elles était si pénible qu'il n'était plus question de belles phrases, de parenthèses, de subtilités ou d'envolées, mais d'une stricte information, d'un style justement appelé télégraphique. Quand, rejetant mes dictionnaires et mes coupures de presse, je posai enfin la plume sur le papier, je vis une de ces personnes qui ressemblait à leur voix, une face grisâtre et poilue, le casque de la téléphoniste comprimant des cheveux gras pour laisser voir une raie de crâne nu, écailleuse. Il était neuf heures quarante-cinq. Je n'avais pas le temps d'écrire quelque chose de sérieux. Et dans cet article ancien que je venais de relire, j'avais déjà écrit, sans le savoir, une vraie nécrologie : il me suffirait de le redicter, personne ne se rendrait compte de rien. Mais j'oubliai tout ce que je connaissais du personnage et me lançai aussitôt dans une affabulation insensée, ridicule. Je racontai que ce scientifique était en secret un collectionneur maniaque des oiseaux, qu'il les enregistrait, qu'il les empaillait, qu'il les imitait, qu'il s'affublait de leurs dépouilles et qu'il s'adonnait en cachette de sa femme à l'ornithomancie, cette méthode de divination par le chant ou le vol des créatures célestes. J'étais toujours un peu fiévreux. J'explicitai enfin les causes de sa mort, car après tout il n'était pas si vieux accouplant sa bouche aux becs des oiseaux, mangeur de plumes, buveur de fientes, dormant sur un coussinet truffé d'os grêles de pigeons, il avait fini par attraper une ornithose, cette maladie infectieuse des oiseaux, transmissible à l'homme, chez qui elle peut prendre la forme d'une pneumonie. Il avait expiré en pépiant un seul mot : beauté. Il était dix heures dix, je savais que mon article était impassable. Mais je n'avais jamais dicté une nécrologie, je ne savais pas que ce type d'article, chez les sténos, impose le respect et allait peut-être pouvoir enfin me faire admettre dans la constellation des grands journalistes fossoyeurs ou incinérateurs. L'article passa comme une lettre à la poste : la sténo ne me reprit sur aucun mot, elle fut attentive à chaque virgule et à dix heures un quart l'article était tapé en six exemplaires, acheminé par piston ou garçon d'étage vers la direction de la rédaction, la rédaction en chef, le chef de service, le typographe, le correcteur, gardé enfin comme preuve de leurs bons services et de nos mensonges, dans les archives des sténos, sur papier pelure, l'indication de l'heure faisant foi en cas de dénonciation. J'imaginai mon article cheminant entre les cinq étages, je recomptai le nombre de personnes entre les mains desquelles il devait passer : ils étaient cinq à pouvoir me démasquer. J'oubliai le croissant sur la cheminée, je rêvassai un peu. Au fond, pourquoi prétendais-je vouloir aimer P. ? Il n'avait rien d'un oiseau. Je ne le connaissais que depuis trois jours. Il aurait plutôt ressemblé à un chat, et j'étais allergique aux chats. Cet ancien amour, sur lequel tristement j'avais mis une croix, était repassé à l'improviste, au bout d'une année d'éloignement, pour me le présenter, comme assuré de l'effet qu'il me ferait. Et son cou était si frêle, moi qui aimais les nuques robustes, ce cou nouveau et adoré qui sortait du col noir nageait dans ma paume. Le téléphone sonna : je reconnus immédiatement la voix du directeur de la rédaction, auquel pratiquement je n'avais jamais eu affaire, j'étais prêt à soutenir avec morgue la véracité de mes affirmations, mais il m'appelait pour me féliciter. Je raccrochai découragé. Je voulais encore rêvasser à P. mais son image se délitait, je n'avais dans la paume que la sensation douloureuse de l'absence de sa nuque qui, à peine une centaine d'heures plus tôt, y avait nagé.

(1984)

DÉCOUVREZ LES FOLIO À 2 €

GUILLAUME APOLLINAIRE *Les Exploits d'un jeune don Juan*

Un roman d'initiation amoureuse et sexuelle, à la fois drôle et provocant, par l'un des plus grands poètes du XXe siècle.

ARAGON *Le collaborateur* et autres nouvelles

Mêlant rage et allégresse, gravité et anecdotes légères, Aragon riposte à l'Occupation et participe au combat avec sa plume. Trahison et courage, deux thèmes toujours d'actualité...

TONINO BENACQUISTA *La boîte noire* et autres nouvelles

Autant de personnages bien ordinaires, confrontés à des situations extraordinaires, et qui, de petites lâchetés en mensonges minables, se retrouvent fatalement dans une position aussi intenable que réjouissante...

KAREN BLIXEN *L'éternelle histoire*

Un vieux bonhomme aigri et très riche se souvient de l'histoire d'un marin qui reçoit cinq guinées en échange d'une nuit d'amour avec une jeune et belle dame. Mais parfois la réalité peut dépasser la fiction...

TRUMAN CAPOTE *Cercueils sur mesure*

Dans la lignée de son chef-d'œuvre *De sang-froid*, l'enfant terrible de la littérature américaine fait preuve dans ce court roman d'une parfaite maîtrise du récit, d'un art d'écrire incomparable.

COLLECTIF *« Ma chère Maman... »*

Ces lettres témoignent de ces histoires passionnées de quelques-uns des plus grands écrivains avec la femme qui leur a donné la vie.

JOSEPH CONRAD *Jeunesse*

Un grand livre de mer et d'aventures.

JULIO CORTÁZAR *L'homme à l'affût*

Un texte bouleversant en hommage à l'un des plus grands musiciens de jazz, Charlie Parker.

DIDIER DAENINCKX *Leurre de vérité* et autres nouvelles

Daeninckx zappe de chaîne en chaîne avec férocité et humour pour décrire les usages et les abus d'une télévision qui n'est que le reflet de notre société...

ROALD DAHL — *L'invité*

Un texte plein de fantaisie et d'humour noir, par un maître de l'insolite.

MICHEL DÉON — *Une affiche bleue et blanche* et autres nouvelles

Avec pudeur, tendresse et nostalgie, Michel Déon observe et raconte les hommes et les femmes, le désir et la passion qui les lient... ou les séparent.

WILLIAM FAULKNER — *Une rose pour Emily* et autres nouvelles

Un voyage hallucinant au bout de la folie et des passions les plus dangereuses, par l'auteur du *Bruit et la fureur.*

FRANCIS SCOTT FITZGERALD — *La Sorcière rousse,* précédé de *La coupe de cristal taillé*

Deux nouvelles tendres et désenchantées dans l'Amérique des Années folles.

ROMAIN GARY — *Une page d'histoire* et autres nouvelles

Quelques nouvelles poétiques, souvent cruelles et désabusées, d'un grand magicien du rêve.

JEAN GIONO — *Arcadie... Arcadie...,* précédé de *La pierre*

Avec lyrisme et poésie, Giono offre une longue promenade à la rencontre de son pays et de ses hommes simples.

HERVÉ GUIBERT — *La chair fraîche* et autres textes

De son écriture précise comme un scalpel, Hervé Guibert nous offre de petits récits savoureux et des portraits hauts en couleur.

HENRY JAMES — *Daisy Miller*

Un admirable portrait d'une femme libre dans une société engoncée dans ses préjugés.

FRANZ KAFKA — *Lettre au père*

Réquisitoire jamais remis à son destinataire, tentative obstinée pour comprendre, la *Lettre au père* est au centre de l'œuvre de Kafka.

JACK KEROUAC — *Le vagabond américain en voie de disparition*, précédé de *Grand voyage en Europe*

Deux textes autobiographiques de l'auteur de *Sur la route*, un des témoins mythiques de la *Beat Generation*.

JOSEPH KESSEL — *Makhno et sa juive*

Dans l'univers violent et tragique de la Russie bolchevique, la plume nerveuse et incisive de Kessel fait renaître un amour aussi improbable que merveilleux.

RUDYARD KIPLING — *La marque de la Bête* et autres nouvelles

Trois nouvelles qui mêlent amour, mort, guerre et exotisme, par un conteur de grand talent.

LAO SHE — *Histoire de ma vie*

L'auteur de la grande fresque historique *Quatre générations sous un même toit* retrace dans cet émouvant récit le désarroi d'un homme vieillissant face au monde qui change.

LAO-TSEU — *Tao-tö king*

Le texte fondateur du taoïsme.

PIERRE MAGNAN — *L'arbre*

Une histoire pleine de surprises et de sortilèges où un arbre joue le rôle du destin.

IAN McEWAN — *Psychopolis* et autres nouvelles

Il n'y a pas d'âge pour la passion, pour le désir et la frustration, pour le cauchemar ou pour le bonheur.

YUKIO MISHIMA — *Dojoji* et autres nouvelles

Quelques textes étonnants pour découvrir toute la diversité et l'originalité du grand écrivain japonais.

KENZABURÔ ÔÉ — *Gibier d'élevage*

Un extraordinaire récit classique, une parabole qui dénonce la folie et la bêtise humaines.

RUTH RENDELL — *L'Arbousier*

Une fable cruelle mise au service d'un mystère lentement dévoilé jusqu'à la chute vertigineuse...

PHILIP ROTH *L'habit ne fait pas le moine*, précédé de *Défenseur de la foi*

Deux nouvelles pétillantes d'intelligence et d'humour qui démontent les rapports ambigus de la société américaine et du monde juif.

D. A. F. DE SADE *Ernestine. Nouvelle suédoise*

Une nouvelle ambiguë où victimes et bourreaux sont liés par la fatalité.

LEONARDO SCIASCIA *Mort de l'Inquisiteur*

Avec humour et une érudition ironique, Sciascia se livre à une enquête minutieuse à travers les textes et les témoignages de l'époque de l'Inquisition.

PHILIPPE SOLLERS *Liberté du XVIIIème*

Pour découvrir le XVIIIème siècle en toute liberté.

MICHEL TOURNIER *Lieux dits*

Autant de promenades, d'escapades, de voyages ou de récréations auxquels nous invite Michel Tournier avec une gourmandise, une poésie et un talent jamais démentis.

MARIO VARGAS LLOSA *Les chiots*

Mario Vargas Llosa, écrivain engagé, raconte l'histoire d'un naufrage dans un texte dur et réaliste.

PAUL VERLAINE *Chansons pour elle* et autres poèmes érotiques

Trois courts recueils de poèmes à l'érotisme tendre et ambigu.

COLLECTION FOLIO

Dernières parutions

3545. Stephen Marlowe	*Octobre solitaire.*
3546. Albert Memmi	*Le Scorpion.*
3547. Tchékhov	*L'Île de Sakhaline.*
3548. Philippe Beaussant	*Stradella.*
3549. Michel Cyprien	*Le chocolat d'Apolline.*
3550. Naguib Mahfouz	*La Belle du Caire.*
3551. Marie Nimier	*Domino.*
3552. Bernard Pivot	*Le métier de lire.*
3553. Antoine Piazza	*Roman fleuve.*
3554. Serge Doubrovsky	*Fils.*
3555. Serge Doubrovsky	*Un amour de soi.*
3556. Annie Ernaux	*L'événement.*
3557. Annie Ernaux	*La vie extérieure.*
3558. Peter Handke	*Par une nuit obscure, je sortis de ma maison tranquille.*
3559. Angela Huth	*Tendres silences.*
3560. Hervé Jaouen	*Merci de fermer la porte.*
3561. Charles Juliet	*Attente en automne.*
3562. Joseph Kessel	*Contes.*
3563. Jean-Claude Pirotte	*Mont Afrique.*
3564. Lao She	*Quatre générations sous un même toit III.*
3565 Dai Sijie	*Balzac et la petite tailleuse chinoise.*
3566 Philippe Sollers	*Passion fixe.*
3567 Balzac	*Ferragus, chef des Dévorants.*
3568 Marc Villard	*Un jour je serai latin lover.*
3569 Marc Villard	*J'aurais voulu être un type bien.*
3570 Alessandro Baricco	*Soie.*
3571 Alessandro Baricco	*City.*
3572 Ray Bradbury	*Train de nuit pour Babylone.*
3573 Jerome Charyn	*L'Homme de Montezuma.*
3574 Philippe Djian	*Vers chez les blancs.*
3575 Timothy Findley	*Le chasseur de têtes.*

3576	René Fregni	*Elle danse dans le noir.*
3577	François Nourissier	*À défaut de génie.*
3578	Boris Schreiber	*L'excavatrice.*
3579	Denis Tillinac	*Les masques de l'éphémère.*
3580	Frank Waters	*L'homme qui a tué le cerf.*
3581	Anonyme	*Sindbâd de la mer* et autres contes.
3582	François Gantheret	*Libido Omnibus.*
3583	Ernest Hemingway	*La vérité à la lumière de l'aube.*
3584	Régis Jauffret	*Fragments de la vie des gens.*
3585	Thierry Jonquet	*La vie de ma mère !*
3586	Molly Keane	*L'amour sans larmes.*
3587	Andreï Makine	*Requiem pour l'Est.*
3588	Richard Millet	*Lauve le pur.*
3589	Gina B. Nahai	*Roxane,* ou *Le saut de l'ange.*
3590	Pier Paolo Pasolini	*Les Anges distraits.*
3591	Pier Paolo Pasolini	*L'odeur de l'Inde.*
3592	Sempé	*Marcellin Caillou.*
3593	Bruno Tessarech	*Les grandes personnes.*
3594	Jacques Tournier	*Le dernier des Mozart.*
3595	Roger Wallet	*Portraits d'automne.*
3596	Collectif	*Le Nouveau Testament.*
3597	Raphaël Confiant	*L'archet du colonel.*
3598	Remo Forlani	*Émile à l'Hôtel.*
3599	Chris Offutt	*Le fleuve et l'enfant.*
3600	Marc Petit	*Le Troisième Faust.*
3601	Roland Topor	*Portrait en pied de Suzanne.*
3602	Roger Vailland	*La fête.*
3603	Roger Vailland	*La truite.*
3604	Julian Barnes	*England, England.*
3605	Rabah Belamri	*Regard blessé.*
3606	François Bizot	*Le portail.*
3607	Olivier Bleys	*Pastel.*
3608	Larry Brown	*Père et fils.*
3609	Albert Camus	*Réflexions sur la peine capitale.*
3610	Jean-Marie Colombani	*Les infortunes de la République.*
3611	Maurice G. Dantec	*Le théâtre des opérations.*
3612	Michael Frayn	*Tête baissée.*
3613	Adrian C. Louis	*Colères sioux.*
3614	Dominique Noguez	*Les Martagons.*
3615	Jérôme Tonnerre	*Le petit Voisin.*

3616 Victor Hugo	*L'Homme qui rit.*
3617 Frédéric Boyer	*Une fée.*
3618 Aragon	*Le collaborateur* et autres nouvelles.
3619 Tonino Benacquista	*La boîte noire* et autres nouvelles.
3620 Ruth Rendell	*L'Arbousier.*
3621 Truman Capote	*Cercueils sur mesure.*
3622 Francis Scott Fitzgerald	*La Sorcière rousse,* précédé de *La coupe de cristal taillé.*
3623 Jean Giono	*Arcadie...Arcadie...,* précédé de *La pierre.*
3624 Henry James	*Daisy Miller.*
3625 Franz Kafka	*Lettre au père.*
3626 Joseph Kessel	*Makhno et sa juive.*
3627 Lao She	*Histoire de ma vie.*
3628 Ian McEwan	*Psychopolis* et autres nouvelles.
3629 Yukio Mishima	*Dojoji* et autres nouvelles.
3630 Philip Roth	*L'habit ne fait pas le moine,* précédé de *Défenseur de la foi.*
3631 Leonardo Sciascia	*Mort de l'Inquisiteur.*
3632 Didier Daeninckx	*Leurre de vérité* et autres nouvelles.
3633. Muriel Barbery	*Une gourmandise.*
3634. Alessandro Baricco	*Novecento : pianiste.*
3635. Philippe Beaussant	*Le Roi-Soleil se lève aussi.*
3636. Bernard Comment	*Le colloque des bustes.*
3637. Régine Detambel	*Graveurs d'enfance.*
3638. Alain Finkielkraut	*Une voix vient de l'autre rive.*
3639. Patrice Lemire	*Pas de charentaises pour Eddy Cochran.*
3640. Harry Mulisch	*La découverte du ciel.*
3641. Boualem Sansal	*L'enfant fou de l'arbre creux.*
3642. J.B. Pontalis	*Fenêtres.*
3643. Abdourahman A. Waberi	*Balbala.*
3644. Alexandre Dumas	*Le Collier de la reine.*
3645. Victor Hugo	*Notre-Dame de Paris.*
3646. Hector Bianciotti	*Comme la trace de l'oiseau dans l'air.*
3647. Henri Bosco	*Un rameau de la nuit.*

3648. Tracy Chevalier	*La jeune fille à la perle.*
3649. Rich Cohen	*Yiddish Connection.*
3650. Yves Courrière	*Jacques Prévert.*
3651. Joël Egloff	*Les Ensoleillés.*
3652. René Frégni	*On ne s'endort jamais seul*
3653. Jérôme Garcin	*Barbara, claire de nuit.*
3654. Jacques Lacarrière	*La légende d'Alexandre.*
3655. Susan Minot	*Crépuscule.*
3656. Erik Orsenna	*Portrait d'un homme heureux.*
3657. Manuel Rivas	*Le crayon du charpentier.*
3658. Diderot	*Les Deux Amis de Bourbonne.*
3659. Stendhal	*Lucien Leuwen.*
3660. Alessandro Baricco	*Constellations.*
3661. Pierre Charras	*Comédien.*
3662. François Nourissier	*Un petit bourgeois.*
3663. Gérard de Cortanze	*Hemingway à Cuba.*
3664. Gérard de Cortanze	*J. M. G. Le Clézio.*
3665. Laurence Cossé	*Le Mobilier national.*
3666. Olivier Frébourg	*Maupassant, le clandestin.*
3667. J.M.G. Le Clézio	*Cœur brûle* et autres romances.
3668. Jean Meckert	*Les coups.*
3669. Marie Nimier	*La Nouvelle Pornographie.*
3670. Isaac B. Singer	*Ombres sur l'Hudson.*
3671. Guy Goffette	*Elle, par bonheur, et toujours nue.*
3672. Victor Hugo	*Théâtre en liberté.*
3673. Pascale Lismonde	*Les arts à l'école. Le Plan de Jack Lang et Catherine Tasca.*
3674. Collectif	*«Il y aura une fois». Une anthologie du Surréalisme.*
3675. Antoine Audouard	*Adieu, mon unique.*
3676. Jeanne Benameur	*Les Demeurées.*
3677. Patrick Chamoiseau	*Écrire en pays dominé.*
3678. Erri de Luca	*Trois chevaux.*
3679. Timothy Findley	*Pilgrim.*
3680. Christian Garcin	*Le vol du pigeon voyageur.*
3681. William Golding	*Trilogie maritime, 1. Rites de passage.*
3682. William Golding	*Trilogie maritime, 2. Coup de semonce.*

3683. William Golding	*Trilogie maritime, 3. La cuirasse de feu.*
3684. Jean-Noël Pancrazi	*Renée Camps.*
3686. Jean-Jacques Schuhl	*Ingrid Carven.*
3687. *Positif,* revue de cinéma	*Alain Resnais.*
3688. Collectif	*L'amour du cinéma. 50 ans de la revue* Positif.
3689. Alexandre Dumas	*Pauline.*
3690. Le Tasse	*Jérusalem libérée.*
3691. Roberto Calasso	*la ruine de Kasch.*
3692. Karen Blixen	*L'éternelle histoire.*
3693. Julio Cortázar	*L'homme à l'affût.*
3694. Roald Dahl	*L'invité.*
3695. Jack Kerouac	*Le vagabond américain en voie de disparition.*
3696. Lao-tseu	*Tao-tö king.*
3697. Pierre Magnan	*L'arbre.*
3698. Marquis de Sade	*Ernestine. Nouvelle suédoise.*
3699. Michel Tournier	*Lieux dits.*
3700. Paul Verlaine	*Chansons pour elle* et autres poèmes érotiques.
3701. Collectif	*« Ma chère maman ».*
3702. Junichirô Tanizaki	*Journal d'un vieux fou.*
3703. Théophile Gautier	*Le capitaine Fracassse.*
3704. Alfred Jarry	*Ubu roi.*
3705. Guy de Maupassant	*Mont-Oriol.*
3706. Voltaire	*Micromégas. L'Ingénu.*
3707. Émile Zola	*Nana.*
3708. Émile Zola	*Le Ventre de Paris.*
3709. Pierre Assouline	*Double vie.*
3710. Alessandro Baricco	*Océan mer.*
3711. Jonathan Coe	*Les Nains de la Mort.*
3712. Annie Ernaux	*Se perdre.*
3713. Marie Ferranti	*La fuite aux Agriates.*
3714. Norman Mailer	*Le Combat du siècle.*
3715. Michel Mohrt	*Tombeau de La Rouërie.*
3716. Pierre Pelot	*Avant la fin du ciel.*
3718. Zoé Valdès	*Le pied de mon père.*
3719. Jules Verne	*Le beau Danube jaune.*
3720. Pierre Moinot	*Le matin vient et aussi la nuit.*
3721. Emmanuel Moses	*Valse noire.*

Composition Nord Compo.
Impression Société Nouvelle Firmin-Didot
à Mesnil-sur-l'Estrée, le 10 septembre 2002.
Dépôt légal : septembre 2002.
Numéro d'imprimeur : 60901.
ISBN 2-07-042551-7/Imprimé en France.

14200